David Malouf

Das Wolfskind

Roman

Verlegt bei Franz Greno

Nördlingen 1987

Originaltitel: An Imaginary Life.
Aus dem Australischen von Helga Herborth.

1. Auflage April 1987. Deutsche Erstausgabe.

Gesetzt aus der Korpus Garamond
und gedruckt in der Werkstatt von Franz Greno
in Nördlingen.
Gebunden bei Wagner GmbH, Nördlingen.
Printed in Germany.
ISBN 3-89190-804-0.

Für Christopher.

Wann ich das Kind zum ersten Mal sah, weiß ich nicht. Ich sehe mich selbst — vielleicht drei oder vier Jahre alt — am Rande unseres Gehöfts unter den Olivenbäumen spielen, gerade noch in Rufweite des Ziegenhirten. Ich spreche mit dem Kind, ob zum ersten Mal, kann ich im Rückblick nicht mehr sagen. Der Ziegenhirte döst gegen den dicken Stamm eines Olivenbaums gelehnt, sein Kopf ist zurückgesunken, so daß man den dunklen Umriß seines Kiefers und die Sehnen seines mageren Halses erkennt. Der schwarze Mund steht weit offen. Bienen taumeln zwischen den Gräsern. Die Luft flimmert. Es muß Spätsommer sein. Der Wind hat Klatschmohnblätter im Gras verstreut. Ein schwarzer Ziegenbock stellt sich auf die Hinterbeine und nagt an den Trieben des Weinstocks.

Das Kind ist da. Ich bin drei oder vier Jahre alt. Es ist Spätsommer. Es ist Frühling. Ich bin sechs. Ich bin acht. Das Kind behält immer dasselbe Alter. Wir sprechen miteinander, aber in einer von uns selbst erdachten Sprache. Mein Bruder, der ein Jahr älter ist, sieht das Kind nicht, auch dann nicht, wenn er ganz nah an uns herankommt.

Das Kind ist ein wilder Junge.

Ich habe gehört, wie die Ziegenhirten von einem wilden Jungen erzählen, ob von diesem oder einem andern, weiß ich nicht. Natürlich verschweige ich ihnen — wie allen anderen —, daß ich ihn kenne. Der wilde Junge, von dem die Hirten sprechen, lebt bei den Wölfen in den Schluchten im Osten, jenseits der Villen und Gehöfte unseres wasserreichen Tals.

Es gibt wirklich Wölfe dort draußen. Ich lausche den Geschichten, wie sie in das abgelegene Weideland einfallen, und einmal, glaube ich, hörte ich einen im Schnee heulen. Aber vielleicht war es auch das Kind. Einmal habe ich einen Wolfskopf gesehen, den einer der Jäger mitbrachte, um ihn als Warnung in seinem Schafspferch aufzuhängen. Er war grau. Obwohl er noch immer die Zähne fletschte, wirkte er nicht sehr wild. Ich dachte an das Kind und sagte mir, daß es in der Natur der Wölfe etwas Freundliches geben müsse, etwas, das sie mit unserer Art verbindet. Wie sonst könnte ein Kind unter ihnen leben? Furchteinflößend war nur die Art, wie man dem Wolf den Kopf abgehackt hatte; dicke Blutfäden hingen von den Lefzen herab, und das Fell um seine Kehle war verfilzt und dunkelrot. Später hörte ich, wahrscheinlich wieder von den Ziegenhirten, daß wir wirklich mit den Wölfen verwandt sind, daß etwas von ihrer Natur in uns lebt. Denn es gibt Menschen, die sich bei bestimmten Phasen des Mondes in Wölfe verwandeln. Sie schließen ihre menschliche Seele wie eine Faust und wenn sie sie wieder öffnen, ist eine Wolfspranke daraus geworden. Die Schädeldecke wölbt sich, der Kiefer schiebt sich nach vorn, wird zur Schnauze. Feine Haare sprießen entlang der Wirbelsäule, am Bauch wachsen sie dichter. Der Körper senkt sich nach vorn und geht auf allen Vieren. Die Stimme wird dunkler. Es ist der Mond, der die Wolfsmenschen hervorlockt. Damals glaubte ich an solche Dinge. Sie beschäftigen meine Gedanken. War das Kind ein Wolfsjunge? Waren diese Wesen, die versteckt unter uns lebten und sich beim Ruf des Mondes unter Schmerzen verwandelten, Kinder, die man aus der Wildnis entführt und zu uns gebracht hatte, damit sie Menschenart annahmen?

Als mein eigener Körper sich zu verändern begann und ich die ersten Zeichen von Männlichkeit an mir entdeckte, verschwand das Kind und erschien nicht wieder, obwohl ich zu jener Zeit oft genug von ihm träumte. Auch heute geschieht das noch. Die Sprache, deren wir uns bedienten, habe ich vergessen. Wenn es zurückkehren sollte, dann könnten wir uns vielleicht nicht mehr verständigen. Hatte der Junge damals eine Botschaft für mich? Wenn ja, dann gelang es ihm nicht, sie mir zu übermitteln. Oder hat er es doch getan, und sie ist meinem Gedächtnis nur entfallen? Vielleicht benutzte er dabei auch eine Sprache, die mein Verständnis überstieg und sich nicht in die alltägliche Sprache übersetzen ließ. Ich glaube (und habe wohl immer geglaubt), daß er wiederkommen wird. Aber in welcher Gestalt? Immer noch als Kind? Als Mann in meinem Alter? Als Wolf? Oder ist es ihm gegeben, in noch andere Wesen zu schlüpfen? Vielleicht ist er schon zu mir zurückgekommen — womöglich in solch bescheidener, gewöhnlicher Gestalt, daß ich seine Anwesenheit gar nicht wahrnahm.

Ich erzähle niemandem hiervon, so wie ich auch vor vielen Jahren niemandem verriet, daß er da war — nicht einmal meinem Bruder, der so alt war wie ich und der es verstanden hätte. Bei all meiner Skepsis dieses Körnchen Glauben.

I.

Es ist die Öde dieser Gegend, die Tag für Tag meinen Geist mit ihren Perspektiven erfüllt. Ein Klippenzug schräg gegen den Himmel und das bleierne Meer dahinter. Nach Westen und Süden wolkenbeladene Berge. Nach Norden, jenseits der sumpfigen Flußmündung, ödes Grasland, das sich flach bis zum Pol erstreckt.

Acht Monate im Jahr gefriert die Welt. Ein polarer Fluch senkt sich auf das Land. Über Nacht wird es weiß. Und, wenn sich das Eis endlich löst und aufbricht, verwandelt sich die ganze Ebene in einen stinkenden Sumpf. Die Insekten kommen in Schwärmen und plagen uns, heiße Nebelschwaden steigen zwischen den Grasbüscheln auf. Kein Baum erhebt sich zwischen dem niedrigen, graubraunen Gestrüpp. Keine Blume. Keine Frucht. Wir sind am Ende der Erde. Auch die höheren Arten des Pflanzenreichs sind noch nicht bei uns heimisch. Jahrhunderte trennen uns von der Idee des Obstgartens oder eines Gartens, der zum bloßen Vergnügen angelegt wird. Nach allen Seiten hin ist das Land offen, weit im Süden und Westen von Bergen begrenzt, nach Norden und Nordosten flach und offen, mit Blick in die Unendlichkeit. Die jäh ansteigende Linie der Klippen, die Flußebene, das Wermutgestrüpp, das Grasland dahinter — auf alles senkt sich ein Himmel, der dicht über uns hängt, schneeschwer und leer, soweit das Auge sehen und der Geist es sich vorstellen kann, wolkenlos — ohne Flügel.

Doch ich beschreibe eine Geistesverfassung, keinen Ort.

Ich bin hier in der Verbannung.

Das Dorf Tomis zählt an die hundert Hütten mit Strohdächern, Wänden aus Lehm und geflochtenem Zweigwerk und mit gestampften, von Binsenmatten bedeckten Fußböden. Jede Hütte hat einen umzäunten Hof und einen Kuhstall. Im Winter werden die Tiere vom Grasland hereingeholt und darin untergestellt. In einem einzigen großen Raum über dem Kuhstall schlafen und essen wir im Winter, auf hölzernen Bänken, unter denen eine Schicht Torf glimmt. Im Sommer, wenn auch das übrige Haus geöffnet wird, habe ich ein Zimmer für mich, mit einem Tisch zum Schreiben und einem frischgefüllten Strohsack zum Schlafen.

Mein Leben hier ist karg bis zum Äußersten. Ich wohne beim Dorfoberhaupt, dem es obliegt, über mich zu wachen und mich vielleicht auch, wenn die Zeit kommt, zu töten. Der Haushalt besteht aus dem Oberhaupt, seiner Mutter (einer alten Frau von fast achtzig), seiner Schwiegertochter und ihrem Kind. Es sind rauhe, freundliche Leute, und der alte Mann behandelt mich, obwohl er doch ein Barbar ist‘ wegen meiner früheren Stellung mit einigem Respekt. Sonst beachtet man mich wenig, ich bleibe mir selbst überlassen, wandere im Dorf umher oder, so weit, wie es gefahrlos ist, in die Felder hinaus. Sie brauchen meine Flucht nicht zu fürchten. In der ganzen bekannten Welt, in der der Kaiser herrscht, existiere ich offiziell nicht mehr. Und jenseits von diesem letzten Außenposten liegt das Unbekannte. Selbst wenn ich in meinem gegenwärtigen Zustand die Kraft dazu hätte, wohin sollte ich gehen?

Ich wandere durch das schlammige kleine Fort, unternehme Ausflüge ins Gestrüpp, bleibe aber stets in Sichtweite der Einpfählung, denn zu jeder Jahreszeit kann das Dorf von den Wilden überfallen werden, die das offene Grasland im Norden bewohnen. Von Zeit zu Zeit brechen sie in heulenden Horden über uns herein, stecken unsere abgelegenen Felder in Brand oder stehlen unser Vieh. Das ganze Dorf ist eine bewaffnete Feste. Ich bin der Geringste hier — ein verrückter, komischer alter Mann, grotesk und weinerlich, der nichts versteht, nichts sagen kann und dessen Gehabe, so muß es diesen eigensinnigen Menschen erscheinen, den Erfordernissen unseres Alltags auf absurde Weise unangemessen ist. Sie nähren mich. Sie weisen mir eine Ecke zu, in der ich schlafen kann. Sie sind nicht ungesittet. Aber niemand in Tomis spricht meine Sprache. Seit fast einem Jahr habe ich nun kein lateinisches Wort mehr gehört. Ich führe das Leben eines Stummen. Wie ein Kind verständige ich mich durch lallende Töne und Zeichen. Ich zeige mit der Hand, hebe fragend die Augenbrauen. Ich breche in Freudentränen aus, wenn jemand — und sei es ein Kind — errät, was ich zu sagen versuche. Im Freien laufe ich, laute Rufe ausstoßend, herum, spreche mit mir selbst, weil ich die Worte im Kopf behalten oder sie daraus vertreiben will. Meine Tage und meine Nächte an diesem Ort sind von unbeschreiblichem Schrecken. Den ganzen Tag wandle ich wie im Traum, so isoliert von der Welt dieser Menschen, als gehörte ich einer anderen Art an. Des Nachts entdecke ich im Schlaf, wofür das dumpfe Tageslicht mich blind macht: daß die dunkle Seite jedes Gegenstandes hier und mehr noch: daß die Landschaft selbst, wenn die Schatten der Nacht über sie hinwegfliegen, wie eine riesige Schriftseite ist, deren Buchstaben ich nicht zu entziffern, deren Botschaft an mich ich nicht zu entschlüsseln vermag. Traum um Traum wage ich mich über die stoppeligen Felder hinaus in die verlassene Ebene, in das Grasland jenseits unserer Welt. Die Winde streichen darüber hin, und es wogt unter ihnen wie das Meer, säuselnd, seufzend, und die Luft ist erfüllt vom Flügelschlag der Kohleulenfalter. Ich falle auf die Knie und beginne mit meinen langen Nägeln die Erde aufzukratzen. Manchmal kommen Wölfe und scharren neben mir. Sie heulen. Wir graben zusammen, und sie beachten mich ebensowenig, wie sie einen Geist beachten würden. Aber wonach immer sie auch scharren, ich weiß, daß ich es vor ihnen entdecken muß, sonst bin ich verloren. Und so grabe ich angestrengter, schneller, schwitzend — über mir das schmierige Mondlicht. Unfähig mir zu sagen: dies ist ein Traum.

Ich weiß, wonach wir suchen. Es ist das Grab des Dichters Ovid — Publius Ovidius Naso, römischer Ritter, Dichter. In dieser ganzen Öde weiß niemand, wo er liegt.

Naso genannt wegen seiner Nase.

Ich spreche zu dir, Leser, der du in einem anderen Jahrhundert lebst, denn dies ist der Brief, den ich nie abschicken werde. Er ist weder an meine Frau noch an meinen Anwalt in Rom, und nicht einmal an den Kaiser gerichtet, sondern an dich, unbekannter Freund, der du zum Zeitpunkt dieser Niederschrift noch gar nicht existierst. Dein Gesicht, auch deine Gestalt kann ich mir nicht vorstellen. Kann man sich das Gesicht eines Gottes vorstellen? Denn ein Gott mußt du sein, so fern, wie du uns bist — der Gott, der sich in unseren Tiefen regt, der aus uns sein Wesen zu formen beginnt und sich am Ende des großen Kreislaufs, dessen Erschütterungen unsere Welt bereits durchzucken, schließlich herausbilden und Gestalt annehmen wird.

Ich sende diesen Brief über die Jahrhunderte hinweg, nicht wissend, in welcher Umgebung fremder Dinge er ans Licht kommen wird und mit welchen Augen du ihn liest. Kennst du noch die lateinische Sprache? Ich vergrabe den Brief tief im Eis, ein einem mit niemals schmelzendem Eis versiegelten Felsengrab, dort, wohin sich kein Bewohner unseres Römischen Reichs je hinausgewagt hat. Erst nach tausend Jahren, wenn das Reich gefallen sein und nicht mehr die Macht haben wird, uns zum Schweigen zu verurteilen, wird dieser Brief sicher in deine Hände gelangen. Ich bin der Dichter Ovid — geboren im Halbmond zwischen den beiden Häusern des Tierkreises, wo die Fische in ihre entgegengesetzte Richtungen auseinander streben, unter den Horizont hinabtauchen und der Widder aufsteigt — zwischen zwei Zeitzyklen, dem Millenium der alten Götter, das seinem Ende entgegenbebt, und einer neuen Ära, die in einem fernen Punkt der Zukunft, den ich mir nicht vorzustellen vermag, ihre Höhe erreichen wird, wenn du, Leser, in einem hell erleuchteten Zimmer, dessen Einrichtung ich nicht erkenne, oder im späten Licht eines Gartens, dessen Blüten mir fremd sind, sitzt und diese Worte — wie schwer mag es dir fallen? — in deine eigene Sprache übersetzt.

Hast du meinen Namen je gehört? Ovid? Kennt man mich noch? Hat irgendeine Zeile von mir die Verbannung meiner Bücher aus allen Bibliotheken des Landes, ihre öffentliche Verbrennung — meine Vertreibung aus der lateinischen Sprache — überlebt? Hat ein heimlicher Bewunderer vielleicht eines meiner Gedichte aufbewahrt, versteckt und vor dem Vergessen gerettet? Gehen meine Zeilen noch irgendwo heimlich von Mund zu Mund? Ist irgendein Satz von mir, unbemerkt von den Herrschenden, als Zitat in das Gedicht eines anderen geschlüpft? Oder in einen Brief? Oder in ein Sprichwort, das inzwischen in den Sprachgebrauch übergegangen ist und nicht mehr ausgerottet werden kann?

Habe ich überlebt?

Ich schreibe dies bei Kerzenlicht. Es ist dunkel wie die Nacht in diesem fensterlosen Raum. Kleine Spinnen und andere Insekten leben in dem Strohdach und krabbeln über den Boden. Sie fallen dir ins Haar oder in die Suppenschüssel, aus der du gerade ißt, sie nisten sich in den Falten deiner Kleider ein. Nach einer Weile gewöhnst du dich daran.

Bisher hatte ich nicht viel Kontakt mit solchen Geschöpfen, nicht einmal mit Hunden oder Katzen. Jetzt leisten sie mir auf eigenartige Weise Gesellschaft. Wie ich, können auch sie nicht sprechen. Sie bewegen sich in den Ritzen, in den Klüften unseres Lebens und sind harmlos. Auch die Spinnen, diese armen Kreaturen. Ich frage mich, ob sie eine eigene Sprache haben.

Wenn ja, könnte ich versuchen, sie zu lernen. Es kann nicht schwieriger sein, als wenn ich mir die barbarischen Kehllaute, die meine Nachbarn ausstoßen, aneignen würde.

Allmählich gelingt es mir, bestimmte Laute dieser Sprache wiederzuerkennen. Aber wenn ich den alten Mann im Hof mit seinem Enkel schelten oder im Zwielicht der jungen Frau etwas zumurmeln höre, treibt mich das an die Grenze des Wahnsinns; es ist, als versuche man, sich an etwas zu erinnern, das man vergessen hat, das am äußersten Rande des Bewußtseins glüht, sich aber nicht offenbaren will. Ich fühle mich so abgeschnitten wie eine dieser Spinnen. Oder wie eine über den Dachbalken balancierende Ratte, die unter sich den Dichter lesen hört. Es ist, als wäre ich plötzlich auf der Rangleiter der Arten eine Sprosse zurückgerutscht, wie durch bösen Zauber in eines dieser niederen Lebewesen verwandelt. Aber natürlich ist keine Zauberei im Spiel. Ich bin nicht verhext worden. Beschworen hat man gegen mich allein die Kraft des herrschenden Gesetzes. Es war die höchste weltliche Macht, die mich in dieses Dasein, in dem eine andere Ordnung gilt, gestoßen hat — zu Wesen, die noch nicht durch ein Loch in ihrem Kopf hinaufgeklettert und wirkliche Menschen geworden sind, die noch nicht dem zugehören, was wir Gesellschaft nennen, und die keine Bürger des römischen Reiches sind.

Aber doch gehören sie zu unserer Art, diese Gerai. Ich höre ihnen beim Sprechen zu. Die Laute sind barbarisch, und meine Seele sehnt sich nach den Feinheiten unserer lateinischen Sprache, dieser vollkommenen Sprache, in der alles ausgesprochen werden kann, auch Verbannungsurteile. Ich höre zu, und am meisten bewegt mich dabei, daß ich die Melodien wiedererkenne. Ich weiß, diese ist Zärtlichkeit, diese Bedauern, diese Ärger, diese das Lied eines alten Mannes, um ein Kind zu besänftigen, das hingefallen ist, weint, sein Weh klagt und noch einmal zu dem Stein geführt werden muß, damit es ihn mit Worten schelten kann, die aus der eigenen fernen Kindheit nachklingen: »Böser, böser Stein!«

Im übrigen gibt es die Spinnen. Könnte ich meine Ohren auch auf ihre Sprache einstimmen? Denn auch sie müssen sich ja verständigen. Ich könnte wieder anfangen zu schreiben, in der Sprache der Spinnen. *Die Neuen Metamorphosen des Dichters Ovid im Exil, verfaßt in der Sprache der Spinnen.*

Manchmal, wenn ich ziellos umherwandere und dann stehenbleibe, um den Frauen bei der Arbeit im Hof zuzusehen, wie sie Getreidekörner verlesen und mahlen, blickt eine von ihnen zu mir auf, wirft mir von weit her, aus ihrer eigenen Welt, die ich nicht berühren kann, einen finsteren Blick zu oder auch ein Lächeln. Es gibt viele Körner: goldene, grünliche, gelbe, braune, blaue. Bei manchen errate ich, was es sein könnte, aber ich erinnere mich nicht an die Namen. Natürlich kenne ich die Namen der Gewürzkörner, denn der Schönheit ihres Klanges wegen, habe ich sie ja in den Gedichten, die ich schrieb, benutzt: Koriander, Kardamon. Aber wie selbst das einfachste von ihnen aussieht, weiß ich nicht. Ein oder zweimal habe ich ein solches Korn auf den Zeigefinger genommen und dann auf die Hand gelegt, während die Frauen mir verwirrt zusahen. Bei einer Gelegenheit lachte die jüngste von ihnen und sagte ein Wort: *Korschka.* Ich blickte auf das Samenkorn. Sie nickte, und als wäre ich ein Kind, wiederholte sie, wobei sie die Lippen übertrieben spitzte: *Korsch-ka*!, nahm dann eines der Körner in den Mund und zerbiß es. Ich tat dasselbe, erkannte den Geschmack aber nicht. Isoliert und ohne die hundert anderen Kräuter und Gewürze, mit denen zusammen es in unserer römischen Küche vielleicht benützt wurde, löste es weder auf meinem Gaumen noch in meinem Kopf einen Schock des Wiedererkennens aus. So kenne ich nun den Namen dieses Korns, seinen Geschmack, seine Form und seine Farbe, aber ich kann es nicht mit meiner eigenen Erfahrung verknüpfen.

Wird es mir von nun an mit allem so gehen? Werde ich wie ein Kind alles neu lernen müssen? Die Welt wie ein kleines Kind durch die Sinne entdecken, während doch alle Dinge den besonderen Zauber ihrer Namen, den sie in meiner eigenen Sprache haben, für immer verloren haben?

Über unser Dorf läßt sich kaum etwas sagen, nur, daß es an die hundert Hütten hat. Die engen Wege zwischen den Zäunen sind matschig. Ein paar Schweine wühlen darin herum, manchmal auch schmutzige Gänse. Der Matsch besteht zu einem Teil aus Erde und zu neun Teilen aus dem Schmutz, den diese Kreaturen wohl seit tausend Generationen unter sich zertrampeln. Nach dem Regen kommen die Kinder nackt aus den Häusern gelaufen und suhlen sich mit den Gänsen in den Pfützen. Oder sie jagen die Schweine zwischen den Häusern hin und her. Die Schreie der Kinder und das Quietschen der Ferkel sind für meine Ohren nicht zu unterscheiden. Jenseits der Pfahlmauern steht hier und da etwas Getreide, das die Frauen einsammeln und zerstampfen; zwischen den Halmen wachsen Kräuter und andere Pflanzen, deren Körner mit der Hand von dem Weizen, dem wilden Hafer und der Gerste getrennt werden müssen. Andere Formen des Ackerbaus gibt es nicht.

Wir haben Hochsommer. Die Flußebenen dampfen. Sie sind erfüllt vom Surren der Mücken. Aber in wenigen Wochen wird der Winter über uns hereinbrechen. Aus der skythischen Steppe blasen die Nordwinde über den Fluß, knicken die Schilfrohre, peitschen das Wasser auf. Die Männer sind bereits draußen und stechen Torfscheiben, die sie für den Winter zu Stapeln aufschichten. Die Frauen füllen die Speicher mit Getreide und geräucherten Schweinehälften, die sie unter die Dachbalken hängen. Wenn der Fluß erst gefroren ist, müssen wir Tag und Nacht innerhalb der Einpfählung bleiben, Tag und Nacht werden die Männer Wache halten. Jetzt ist der Fluß unser Schutz. Aber in zwei Monaten wird er eine Brücke aus Eis bilden. Die Horden aus den nördlichen Ebenen werden über ihn heranstürmen, werden uns plündern, vergewaltigen, brandschatzen. Meine Leute hier sind keine richtigen Wilden. Den wirklichen Barbaren zu begegnen, das steht mir noch bevor. Bisher habe ich von ihnen nur geträumt.

Vor kurzem träumte ich, ich ginge im Mondlicht hinaus, die Straße zwischen den Hütten hinab. Ich hörte die Ferkel hinter mir grunzen, sie sangen von ihren ausgelutschten Knochen. Ich ging hinaus in das eigenartige Licht der Sumpfniederungen. Der Mond ritt hoch über dem Schilf, das Gesicht von einer Wolkenlinie zerteilt, wie ein lidverhangenes Auge — mein eigenes, halb wach und offen wie ein Eulenauge, halb geschlossen vor der Dunkelheit.

Ich ging über den Fluß, der unter mir wie Rauch strudelte, und ich war Mondlicht. Ich erreichte das andere Ufer. Eine unermeßliche Ebene erstreckte sich vor mir — flach, flach, gestaltlos, alles war Staub, der unter mir wirbelte. Kein Lebewesen regte sich in diesem Staub, nicht einmal eine Schlange. Es war urtümlich.

Plötzlich, nicht aus dem Staub der Ebene, sondern aus den schnellfliegenden Wolken, kommt donnernd eine Horde seltsamer Gestalten auf mich zu — Menschen, ja, Pferde, ja, und mir fiel etwas ein, an das ich nicht glaube und von dem ich weiß, daß es allein unserer Fabelwelt angehört: Zentauren. Aber nicht die gezähmten Geschöpfe unserer Hirtenmythen. Diese hier waren gigantisch. Ihre Wildheit, das Schnaufen ihrer Nüstern, der Schlag ihrer Hufe, der flackernde Glanz auf ihren Flanken waren entsetzlich. Diese, ich wußte es, waren Götter.

An die ich auch nicht glaube.

Ich stand still, mitten in der Ebene, und sie begannen große Kreise um mich zu ziehen, stießen Schreie aus, keine drohenden, wie mir schien, sondern klagende. *Laß uns in deine Welt,* schienen sie zu rufen. *Laß uns den Fluß überqueren und in dein Reich kommen. Nimm uns auf in dein Leben. Glaube an uns. Glaube.*

Langsam kamen sie zum Stehen.

Standen.

Keuchend.

Die Stille war so unermeßlich wie die Ebene, ich hörte mein Herz klopfen, wie das ferne Echo ihrer Hufe, hörte mein Keuchen so wie ihres, nur näher, es zerreißt mir die Brust. Aus der schattenhaften, mächtigen Formation, die mir den ganzen Horizont verdunkelte, löste sich langsam ein Wesen heraus, setzte seine Hufe sanft auf den Staub, näherte sich mir bis auf einen Schritt, so daß ich seinen Atem, seine Wärme spürte, und im Hauch seines Atems vermeinte ich einen Klang zu hören, dessen Silben ich verstehen konnte. Wieder war es die Melodie, die ich wiedererkannte. So als besäße ich keine eigene Sprache und lauschte nun einer anderen Bedeutung.

Ich streckte meine Hand aus, berührte es.

Und aus den Tiefen meines Schlafs kam etwas empor, dorthin, wo wir einander gegenüberstanden — wie ein Bild, das an die Oberfläche des Spiegels gelangt. Da stand es, außerhalb von mir, ein Fremdes. Und etwas in mir, das seine Spiegelung war, war nach oben gekommen, ihm zu begegnen.

Ich erwachte und schrie auf. Und das Wort, das ich ausstieß, gehörte nicht meiner Sprache an.

Seither versuche ich mich an das Wort zu erinnern, aber der Klang ist in meinen Schlaf zurückgesunken. Wenn ich ihn wieder heraufrufen und das Wort noch einmal sprechen könnte, ich glaube, dann wüßte ich, was ich da mit diesem Namen bezeichnet habe — wem ich begegnet bin. Was dort draußen darauf wartet, mich zu empfangen.

Genannt Naso wegen der Nase.

Wofür mein Vorfahr eine Nase hatte, weiß ich nicht. Ich jedenfalls hatte eine Nase für Neuigkeiten — für das, was in Mode und gefragt war.

Ich bin ein geselliges Wesen. Einige Dichter, Vergil zum Beispiel, haben ein Ohr — ein in jeder Hinsicht vollkommenes. Ich habe eine Nase. Und Nasen sind politisch, selbst wenn man sie nur in die privatesten

Angelegenheiten steckt. Gerade dann sind sie vielleicht am politischsten. Nasen bringen einen in Schwierigkeiten. Ich konnte zu gut herausschnüffeln, was jedermann hören will, oder mutmaßt und was jeder denkt, sobald ich es ausgesprochen habe.

Nach einem Jahrhundert des Krieges, in dem ganze Familien einander im Namen des Vaterlandes vernichteten, hatten wir Frieden. Ich geriet mitten hinein in das Zeitalter weicher, nachlässiger Unordnung, verfeinerter Schamlosigkeit, in dem wir alle uns aus unseren Fesseln anscheinend endlich zu solch großer Aufgeklärtheit befreit hatten, daß ein Glaube nicht mehr vonnöten war.

»Die Götter sind nicht ganz tot«, das war meine Neuigkeit aus dem Universum, »denn ständig führen wir ihre Namen im Mund — ganz zu schweigen von den Monumenten, die ihnen von unserem geliebten Herrscher täglich errichtet werden. Aber auch die Götter selber haben ihren Ernst verloren. Sie sind in das Zeitalter des Spiels eingetreten. Sie haben die heiligen Stätten verlassen und bewohnen jetzt die luftigsten Mythen, die von uns nichts weiter als eine unterhaltsame Abkehr vom Unglauben verlangen. Auch ihnen wäre die brütende, humorlose Frömmigkeit unserer Großväter peinlich. Wir sind endlich frei, an *uns selbst* zu glauben. Da es keine Regeln gibt, erfinden wir welche. Mögen sie auch noch so widersinnig sein. . .« und so weiter und so weiter im selben Ton.

Ich entdeckte einen neuen Nationalstil für meine Generation. Keine Bürgertugenden mehr — wir alle wissen ja, wohin sie führen. Kein Patriotismus mehr. Keine Glorifizierung der Männer in Waffen. Keine Ratgeber in Versen über Bienenzucht und Schafstränken und die Liebschaften von Hirtenknaben mit einer Vorliebe für das Griechische. Meine Welt war rein persönlich, ein Ratgeber, in wohlgesetzten, deutlichen Worten, für jene Angelegenheiten des Landlebens, die sich auf den zwei Quadratmetern eines Bettes erkunden lassen.

Der Kaiser hat dieses Zeitalter hervorgebracht. Man nennt es, wie unsere Historiker, den Blick fest auf die Gegenwart gerichtet, bereits verkündet haben, das augusteische. Es ist feierlich, ordentlich, monumental, langweilig. Es existiert in den Lobreden, die dem Kaiser gewidmet werden (ich lehne es ab, mich daran zu beteiligen), und in dem Mamor, der ewig währt.

Auch ich habe ein Zeitalter hervorgebracht. Es fällt zeitlich mit dem seinen zusammen und existiert in dem Leben und der Liebe seiner Untertanen. Es ist fröhlich, anarchisch, kurzlebig und voller Spaß. Deswegen haßt er mich.

Natürlich, auf kurze Sicht gesehen, wird Augustus gewinnen. Nämlich im Jetzt. Ich wurde religiert — so lautet unser schönes Wort dafür — bis an die Grenzen der bekannten Welt, und aus der lateinischen Sprache vertrieben.

Aber im Schatten einer Säulenhalle, die seine Schwester ihrem treuen Gatten stiftete, wird in dieser Nacht jemand gefickt; denn in einem Gedicht, das ich einst schrieb, ließ ich es so geschehen und gab damit diesen besonderen Akt an diesem besonderen Ort dem Hohn der Öffentlichkeit preis. Jede Nacht denkt Augustus nun daran und beißt sich in den Daumen. Es gibt Orte — und sie müssen nicht so weit entfernt sein wie das Schwarze Meer —, wo die Macht des Kaisers aufhört. Die Säulenhalle des Marcellus ist einer von ihnen.

Aber ich bin hier, und das alles liegt weit hinter mir. Wie närrisch mir jetzt alles erscheint — meine Ironie, meine kleinen Unverschämtheiten, mein Tanz auf dem Seil über dem Abgrund. Schnuppernd habe ich mich bis an den äußersten Rand der Dinge vorangetastet, bis dorthin, wo das Nichts beginnt. So weit kommt man mit einer Nase. Ich schnuppere und wittere, aber von dort draußen kommen keine Neuigkeiten zu mir, und von hier drinnen auch nicht. Ich bin tot. Ich bin verbannt in das Land des Schweigens. Alles was ich tun kann, ist schreien. Und genau das tue ich.

Ich wandere an der steinigen Küste auf und ab — unterhalb der Klippen, deren Schatten den Kieselstrand in klar abgegrenzte Felder von Hell und Dunkel unterteilen. Ich trete zu den Fischern, Schreie ausstoßend — während ich beobachte, wie sie glitzernde Überraschungen, ihren namenlosen Fang aus dem Meer ziehen. Oder ich streife durch das Gestrüpp oben auf den Klippen, versuche, durch Schläge mit den Armen die Kälte zu vertreiben, beobachte, wie die Stürme schwarz aus dem Nirgendwo heranpeitschen, oder sehe die langen Flocken von weißer Distelwolle, die der Wind mit sich führt, und stoße meine Schreie aus.

Bis Rom ist es weit. Wenn sie mich dort jemals wieder vernehmen sollen, muß ich meine Stimme erheben und mich von den Strudeln schwarzer Luft, die nach Westen über die Ebene ziehen, mitreißen lassen. Man hat mich zum Schweigen gebracht. Aber ich werde nicht ruhig sein.

Wie kann ich dir, Leser, der du nur Landschaften kennst, die jahrhundertelang geformt wurden nach der in unser aller Seelen lebenden Idee von der idealen

Bühne, auf der sich unser Leben abspielen sollte — eine Vorstellung davon geben, wie die Erde in ihrer ursprünglichen Öde war, ehe wir sie der Welt, die in unserer eigenen Vorstellung schon geschaffen war, nachbildeten — Terrassen anlegten, Felder, Obstgärten, Weiden und bewässerte Gärten. Glaubst du, Italien — oder das Land, in dem du lebst — sei ein Ort, den dir die Götter geschenkt haben — in all seiner sanften Schönheit? Nein, so ist es nicht. Es ist ein geschaffener Ort. Wenn die Götter dort um dich sind, aus dem Baum auf einer Weide herausglühen, oder wenn ihr Geist über den Kieselsteinen eines Baches im hellen Sonnenlicht zittert, in Brunnen, Quellen, in einem Stein, der die Grenze deines rechtmäßigen Eigentums an einem Hügel markiert; wenn die Götter dort sind, dann deshalb, weil du sie dort entdeckst, weil du sie aus der Tiefe deiner Seele, in der die Sehnsucht nach ihnen wohnt, hervorgeholt und in die Landschaft hineingeträumt hast, um ihr Glanz zu verleihen. Sie sind mit dir, ganz bestimmt. Umarme den Baumstamm und fühle, wie sein Geist in dich zurückströmt, fühle, wie die Wärme des Steines in deinen Körper eintritt, lasse dich hinab in die Quelle, als wäre sie eine flüssige Stelle in jenem anderen Leben deines Körpers, im Schlaf. Aber du mußt die Geister erkennen, damit sie wirklich werden. Sie sind nicht außerhalb von uns, noch nicht einmal völlig in uns, sondern fließen hin und her zwischen uns und den von uns gemachten Dingen, der Landschaft, die wir geformt haben und in der wir uns bewegen. All diese Dinge haben wir in unserem tiefsten Leben geträumt, und sie sind wir. Es ist unser Selbst, das wir dort draußen schaffen, und wenn die Landschaft einst vollkommen sein wird, dann sind wir die

Götter geworden, denen es bestimmt ist, sie zu erfüllen.

Es scheint, als habe jede Kreatur die Kraft, sich selbst aus einer Existenz in eine neue hineinzuträumen — einen Schritt höher auf der Stufenleiter der Dinge zu steigen. Im Schlaf haben wir die Vorstellung eines anderen Seins empfangen, und unsere Körper finden langsam und unter Schmerzen den Weg, auf dem sie schließlich die eigenen Fesseln sprengen und sich zu neuem Sein erheben können. Einst war der Stein, der in der Sonne schläft, geschmolzenes Feuer, und er wurde zu Stein, als das Feuer in seiner flüssigen Form sagen konnte: »Ich wollte, ich wäre fest, ich wollte, ich wäre Stein«; und jetzt träumt der Stein, die Erzadern in ihm würden wieder flüssig und regten sich, aber innerhalb seiner Steingestalt, so daß er, nachdem er sich Jahrhunderte lang nach diesem Zustand, nach Weichheit, nach einem Puls gesehnt hat, eines Tages fühlt, daß die Verwandlung eingesetzt hat; die Adern lösen sich und fließen, die Tonerde lockert sich, und weil sich sein Geist lange Zeitalter hindurch eine andere Seinsform vorgestellt hat, entdeckt der Stein nun Augen, einen Mund, Beine zum Springen, und ist Kröte. Die Kröte ihrerseits, die sich auf der Erde fortbewegen kann, beginnt an die Möglichkeit zu denken, sich in die Lüfte zu erheben, und langsam, ohne je aufzuhören, Kröte zu sein, träumt sie sich auf Flügeln in die Höhe. Unsere Körper sind nicht endgültig. In dem Menschsein, das uns allen gemeinsam ist, bewegt sich jeder von uns durch die Formen hindurch, die wir aneinander so sehr lieben — auf etwas zu, das unsere Hände, während wir einander lieben, schon berührt haben und wonach sich unsere Körper in der Dunkelheit des anderen spannen. Langsam und unter Schmerzen, über Jahrhunderte hin, bewegt sich jeder von uns einen unendlich kleinen Schritt darauf zu. Wir erschaffen die Züge eines endgültigen Menschen, zu dessen Vergnügen wir eine Landschaft vorbereitet haben und der nur Gott sein kann.

Ich habe das Ziel von alledem deutlich vor mir gesehen: die verwandelte Erde und die Götter, die im Licht ihrer Körper auf ihr wandeln. Und wie du, Leser, habe ich die für sie geschaffene Erde gesehen, denn unser Geist vermag das zu sehen, unsere Hände vermögen das zu formen, wozu wir noch nicht bereit sind: klafterhohe Kornfelder — hochstehend im Sonnenlicht, sich wiegend unter dem Mond; Olivenhaine, im leichten Wind von grün zu silber geweht, so als habe ein Gott das Wort *Silber* ausgesprochen, als habe der Hauch seines Atems, indem er über die Szene streicht, den Hain mit der Drehung der Blätter verwandelt. Du kennst das alles. Es ist die Erde, so wie wir sie gemacht haben, rodend, pfropfend, verpflanzend, die Samen von einem Ort zum andern tragend. Dabei folgten wir keinem Plan, der sich klar umreißen läßt, wir ließen uns vielmehr von unseren Bäuchen und einem anderen, viel tieferen Hunger leiten, bis die Landschaft uns jene Geschöpfe enthüllt, die wir ersehnen und die wir werden müssen.

Ich weiß, wie weit wir gekommen sind, denn ich bin zurück zu den Anfängen gegangen. Ich habe die unberührte Erde gesehen. Sie ist flach und gestaltlos. Morast im Sommer, gefrorene Öde im Winter — ohne einen Baum oder eine Blume oder ein bestelltes Feld, nur die wildesten Halme wachsen in verkümmerten Büscheln zusammen, streuen nach Willkür ihren Samen in den Wind. Es ist ein Ort äußerster Trostlosigkeit, der Anfang. Ich kenne ihn wie das Innere meines Kopfes. Du kannst dir keine Vorstellung davon machen, wie weit wir gekommen sind, oder wie weit ich zurückgehen mußte, um all dies zu sehen; wie unfertig unser Leben in seinen Anfängen ist.

Und doch regt sich auch hier neues Leben. Die ersten Samen wurden voneinander gesondert, aufgezogen und auf ihren langen Weg zur Vollkommenheit gebracht.

Als ich heute in meinen alten Sandalen und dem Mantel, mit einem Strohhut als Schutz gegen die Sonne, in der morastigen Öde zum Fluß hin herumlief und Selbstgespräche führte, stand ich plötzlich vor einem kleinen scharlachroten Fleck mitten in dem wilden Korn.

Scharlachrot!

Nach Monaten sehe ich die erste Farbe. So schien es mir zumindest. Scharlachrot. Eine kleine wilde Mohnblume, von so erstaunlichem Rot, daß mir das Blut stockt. Ich sprach das Wort wieder und wieder vor mich hin, scharlachrot, als hätte ich den Namen und die Farbe bis zu diesem Augenblick nicht gekannt und als könnte ich allein durch das Aussprechen des Wortes die Blume vor meinen Augen erhalten. Mohn. Der Zauber des Wortes macht mir die Haut prickeln, das Aussprechen ist ein fast noch größeres Wunder als das Sehen. Ich war trunken vor Freude. Ich tanzte. Ich schrie. Man stelle sich das Erstaunen meiner Freunde in Rom vor — wenn sie ihren zynischen Großstadtliteraten, der kaum eine Pflanze oder einen Baum kennt, hier in kaputten Sandalen herumtanzen sehen würden, auf einer Erde, die hart und gebrannt ist, an einigen Stellen rissig, an anderen mit Pfützen übelriechenden

Schlamms bedeckt — wenn sie ihn hier zur Feier dieser Blüte tanzen und singen sähen. Mohn, scharlachroter Mohn, Blume meiner fernen Kindheit und der Kornfelder um unser Gehöft in Sulmo, ich habe dich wieder zum Leben erweckt, ich habe dich aus meinen frühesten Erinnerungen, aus meinem Blut, emporgeholt, um dich vom Wind wiegen zu lassen. Scharlachrot. Zauberwort auf meiner Zunge, auf daß du vor meinen Augen wieder erstrahlst. Scharlachrot. Mit dir kommen all die anderen Farben zu mir zurückgeflutet — als magische Silben, die aus der Erde herausplatzen und um mich herum aufblitzen. Ich mache den Frühling. Mit dem Gelb der Gänseblume unserer unkrautbewachsenen Olivenhaine, mit dem Blau der Kornblume, dem Orange der Dotterblume, dem Violett des Fingerhuts, auch mit den Nelken und Alpenveilchen im Garten meiner Mutter, die ich all die Jahre vergessen hatte. Sie kommen zurück, obwohl vor mir nur eine einzige Mohnblume steht — ein paar wehende Blumenblätter, zartgewebte Schönheit und Leuchtkraft um eine Pollenkrone.

Woher kam sie? Ich suchte und fand keine andere mehr. Ein Samen muß hergeweht sein und Wurzeln gefaßt haben. Aber von woher? Vom Meer her — von einem hoch dahinziehenden Luftstrom mit leuchtendem Staub herangetragen und herabgefallen. Oder aus den Eingeweiden eines Vogels, der unterwegs nach Norden ist, emporgewachsen aus den Ausscheidungen, die er im Fluge fallen ließ.

Ich sitze auf dem Boden und betrachte die Mohnblume. Ich liebe diese Mohnblume. Ich werde über sie wachen.

Plötzlich ist mein Kopf voller Blumen aller Art. Sie

sprießen in reichen Feldern aus der Erde und breiten sich in meinem Kopf aus. Ich muß sie nur beim Namen nennen, brauche nicht einmal zu wissen, wie sie aussehen, welche Farbe, welche Form sie haben oder wieviel Blätter, und sie erblühen, sie öffnen sich, verströmen ihren Duft in meine Seele. Sie sprießen aus den geheimen Lauten, die ich wie Samen auf meine Zunge lege, aus dem Hauch meines Atems. Auf diese Weise werde ich ganze Gärten schaffen. Ich bin Flora. Ich bin Persephone. Ich kenne den Kunstgriff jetzt. Alles was man braucht, ist Glauben.

So — ich hätte es mir denken können — wird es gemacht. Wir geben den Göttern einen Namen, und sie wachsen in uns, aus dem Geist erheben sie sich zu Ruhm und Macht und Majestät, strömen aus uns heraus und wirken in der Welt um uns, verändern sie und uns. So kommt es, daß die Wesen, zu denen wir einst werden, aus uns hervorgezogen werden. Wir müssen nur die Namen finden und uns von ihrer Erleuchtung erfüllen lassen. Und dabei beginnen wir, wie immer, mit dem, was einfach ist.

Mohnblume, du hast mich gerettet, du hast mir die Erde wiedergegeben. Ich weiß, wie man den Frühling macht.

Jetzt fängt es an. Mein ganzes bisheriges Leben war vergeudet. Ich mußte in das Schweigen eintreten, um die Losung zu finden, die mich aus meinem Dasein befreit.

Und doch waren die Worte schon geschrieben. Ich schrieb sie vor Jahren. Erst jetzt entdecke ich, was sie bedeuteten, welche Botschaft sie für mich hatten: »Von dir selbst wirst du dich lösen und doch leben.«

Nun muß auch ich mich verwandeln.

II.

Es ist fast Abend. Der alte Mann, das Kind, seine Mutter und ich, wir sitzen in der letzten Sonnenwärme im Schutze der hölzernen Hofeinzäunung.

Er ist ziemlich kahl, dieser Hof — Bänke, ein Holzgestell, von dem an Schnüren Kürbisscheiben hängen, die in der Sonne trocknen sollen, und, zu einem Kreis zusammengelegt, die Steine, die die Frauen zum Mahlen benutzen. Die alte Frau, die Mutter des Oberhaupts, schließt sich uns nie an hier draußen. Statt dessen murmelt sie in dem Raum hinter uns vor sich hin, schiebt gelegentlich ihren Kopf mit dem zahnlosen Mund durch die kleine Öffnung, sagt uns, soweit ich verstehe, wie kalt es ist, und mahnt die jüngere Frau, sie solle den Jungen wärmer einwickeln oder ins Bett stecken. Manchmal stützt sie sich nur auf einen ihrer knochigen Ellbogen und hört einfach zu, erschreckt uns mit ihrem plötzlichen Gelächter.

Dies ist die ruhige Zeit des Tages, wenn die schwereren Arbeiten verrichtet sind, die Stunde vor dem Schlafengehen. Dicke Wolken ziehen schnell über uns hin, und von den nördlichen, vom kalten Fluß durchschnittenen Steppen bläst ein Wind. Über den Zaunpfählen wirbeln Blätter durch die Luft, aber dahinter ist es warm.

Wir haben hier draußen zu Abend gegessen: eine Suppe aus Nesseln, mit Kräutern gewürzten Ziegenkäse. Die Schüsseln stehen neben uns auf der Erde. Die junge Frau arbeitet wieder, näht Streifen eines derben Fells zu einem Mantel zusammen. Ihre nackten Füße hat sie von sich gestreckt, die Felle liegen über dem Knie, kleine Schweißperlen zeigen sich an ihrem Hals und entlang der Oberlippe — sie hält gelegentlich inne, um sich mit dem Handrücken das feuchte Haar aus der Stirn zu streichen. Sie sieht meinen Blick auf sich ruhen und unsere Augen begegnen sich. Sie hat aufgehört, sich vor mir zu fürchten, verwirrt zu sein oder auch nur belustigt. Ich bin nur noch ein Mitglied im Haushalt ihres Schwiegervaters, in dem auch sie, jetzt, da ihr Mann tot ist, eine Fremde ist. Sie lauscht dem alten Mann, der, während er an einem Netz herumflickt, dem Jungen eine Geschichte erzählt. Auch ich höre zu. Als einziger bin ich müßig. Ich lasse die eigenartigen Worte in meinen Kopf dringen, verstehe nichts, lausche aber fasziniert, wie der alte Mann eine andere Stimme bekommt — eine tiefere, rauhere als seine eigene —, worauf die Augen des Kindes sich vor Staunen weit öffnen. Oder eine schrille, weibische Stimme, bei der das Kind die Schultern hochdreht und kichert und die der alten Frau hinter uns das Krächzen einer Krähe entlockt.

Die Geschichte des alten Mannes ist voller Wunder. Handelt sie, so frage ich mich, von einem Wolf? Einem Bären? Irgendeinem dämonischen Geist? Die junge Frau, die all dies schon kennt, blickt den Jungen erwartungsvoll an, lacht, wenn er lacht, und sucht meine Augen, so daß auch ich lache. Wenn die Stimme des alten Mannes einen — was? — einen Zauberer? einen Gott? — beschwört, halten ihre Finger einen Moment mit der Arbeit inne, und ihre Augen verdunkeln sich.

Irgendwo tief in meinem Innern kenne ich diese Geschichte. Ich habe sie schon einmal gehört. In der Kindheit, von einem unserer Sklaven vielleicht, aber natürlich in einer anderen Sprache. Es ist die Melodie, die ich wiedererkenne.

Die Stimme des alten Mannes erfüllt die Luft, während es um uns dunkel wird. Wir gehen auf den Winter, die Nacht, zu. Seine Hände, die breit und rauh sind, arbeiten unentwegt an dem Netz. Er ist ein Künstler. Das sehe ich. Man erkennt sofort die Sicherheit seiner Griffe. Er ist so tief von seiner Geschichte, von seiner Arbeit am Netz, gefangengenommen, daß er nichts wahrnimmt, außer wenn das Kind lacht oder einen Augenblick lang aus Furcht sein Knie berührt.

Ich nenne ihn alt, obwohl wir wahrscheinlich gleichaltrig sind, und ich bin noch nicht einmal fünfzig. Die Mühsal seines Lebens, die Unbilden dieses Ortes haben sein Gesicht gegerbt, gebräunt und gefurcht, so daß er für ein römisches Auge wie ein Siebzigjähriger aussieht. Massig und schwer, wie ich es niemals war, mit seinem rasierten Kopf und seinem Backenbart, hat er einen Ausdruck strenger Vornehmheit.

Ich versuche, mir sein Leben vorzustellen, das Jahr für Jahr parallel zu dem meinen verlaufen sein muß, aber es formt sich mir kein Bild. Ich sehe seine Kindheit nicht vor mir, auch nicht seine Jugend, kann mir keine Vorstellung von der Toten machen, die seine Frau war und an deren Grab außerhalb des Dorfes ich ihn ein oder zweimal auf dem Heimweg von Fluß habe stehenbleiben sehen. Jahr für Jahr muß sein Leben das gewesen sein, was ich jetzt sehe: Arbeit, Schlaf, Arbeit. Und doch erscheint es mir rätselhaft und unerklärlich, wie dieses Leben eine Würde gewonnen hat, vor der ich mir albern und närrisch vorkomme. Mein Leben war so leichtfertig. Man hat mich dazu erzogen, auf die eigenen Nerven zu setzen, auf Ruhelosigkeit, Abwechslung, Veränderung. Meine Weisheit bezog ich aus Büchern. Weiche Sicherheit umhüllte mein Leben, ich konnte mich gehen lassen, auf einer Wolke zärtlicher Gefühle dahindriften und mich tragen lassen von der beruhigenden Gewißheit meiner Intelligenz, Umgänglichkeit, Freundlichkeit, meiner guten Erziehung. Nichts erregte mich, dem ich nicht einen Namen hätte geben können; ich glaubte an nichts, was ich nicht sehen konnte. Und nicht einen Augenblick lang wurde mehr von mir gefordert, als ein kluger Junge bewältigen kann, der früh (zu früh vielleicht) gelernt hat, alle Fragen mit Eleganz und Stil zu stellen. — Was kann ich, der ich so aufgewachsen bin, von den Kräften wissen, die diesen Mann geschaffen haben, diesen Pferdebändiger, der die Natur dieser Tiere irgendwie in sich aufgenommen und veredelt hat. In seinen Augen, seinem Sprechen und der kraftvollen Langsamkeit seiner Bewegungen liegt etwas von den ungeheuren Steppen, aus denen sie kommen — jene Pferde und ihre Bändiger, die man, wenn sie sterben, nicht wie andere Menschen begräbt, sondern auf luftigen Lagern über der Erde weiterreiten läßt.

Morgen werde ich mit der Jagdgesellschaft des alten Mannes zu den Birkenwäldern, wo das Wild ist, aufbrechen.

Als wir uns in dem kleinen Hof versammeln, ist es frostig, und Sterne hängen hart und klar dicht über uns.

Wir essen zusammen auf der Bank eine Grütze, mit Wasser verdünnt, in einem Topf aufgewärmt und mit Honig gesüßt. Die Bienen sind wild, sie nähren sich von den Gräsern tief im Gestrüpp, und der Honig, der etwas von der Bitterkeit dieser rätselhaften Pflanzen hat, gibt den Speisen einen Duft, der die Nasenflügel weitet, ehe sein süßer Geschmack den Gaumen erreicht. Wenn man sich noch nicht daran gewöhnt hat, ist diese Wirkung nicht angenehm. Aber ich bin hungrig, und wie die anderen hole ich mir eine zweite Schüssel.

Wir sind kaum fertig, als die anderen ankommen. Sie tragen hohe, gewickelte Gamaschen, über der Brust offene Hemden und Bögen in den Händen. Drei junge Männer, die mit ihren dunklen Bärten und ihren langen Haaren sehr wild aussehen, sind dabei und ein alter Mann, klein und grauhaarig, der Dorfschamane. Hinter ihnen, lärmend und schreiend, ein halbes Dutzend barfüßiger Kinder.

Mein alter Mann begrüßt sie, schüttelt einem nach dem anderen die Hand und umarmt den Schamanen, der Segensworte murmelt, nicht nur an den alten Mann, sondern auch an die Frauen, die Jungen, die Bänke, die Türpfosten und sogar an mich gerichtet.

Wir versammeln uns im Kreis und versinken in Schweigen. Der Junge geht hinüber zu den Töpfen über der Glut, und seine Mutter füllt ein wenig Grütze, von der wir gegessen haben, in seine Hände. Der Junge tritt wieder in den Kreis. Niemand spricht während die Hausdämonen sich versammeln, aus der glühenden Asche hervorkriechen, aus unseren leeren Schüsseln auf der Bank, aus den Ritzen und Ecken der

Mauern. Der Junge, der im Zentrum von all dem steht, blickt furchtsam drein. Seine Augen wandern über den Hof, vom Feuer zur Bank, halten Ausschau nach den Wesen, deren Interesse in diesem Moment nur auf ihn gerichtet ist, auf seine gewölbten Hände mit der Mischung aus allen Getreiden und Pflanzen, die hier wachsen. Er weiß, daß er für die kurze Dauer der Zeremonie nicht mehr er selbst ist — das jüngste Mitglied des Haushalts, ein dicklicher Siebenjähriger, verwöhnter und mutwilliger als die meisten anderen Kinder hier —, sondern ein Lenker dunkler Mächte, eine Verkörperung des Hauses selbst, in der Stille schwer atmend, während er den unsichtbaren Mündern die mageren Früchte der Erde zitternd darreicht.

Der Schamane beginnt zu singen, die anderen fallen ein. Der Junge erstarrt und wankt, etwas von der Grütze in seinen Händen rinnt durch die Finger. Als er nach einem Moment des Zögerns den Kopf senkt, um sie aufzulecken, versetzt ihm der alte Mann, ohne seinen Gesang zu unterbrechen, einen leichten Schlag. Die Grütze tropft herunter, und, um dem Jungen zu bedeuten, daß es nicht seine Schuld ist, zieht einer der jungen Männer mit seinem Stiefel die Erde darüber. Der Gesang verstummt. Wir stehen still. Der Blick des Jungen flattert ängstlich, ich sehe seine Augen schnell zu seiner Mutter wandern, die nickt, und dann zu seinem Großvater, der ihm leicht auf den Kopf tätschelt. Er dreht sich steif um, und wir beobachten, wie er nun sehr vorsichtig seine gewölbten Hände vor sich herträgt, langsam zum Topf zurückgeht und den Rest der Grütze auf das Feuer laufen läßt. Es zischt. Und damit löst sich der Kreis auf. Alle lachen und sprechen wieder. Bewegung erfüllt den Hof. Die Männer holen ihre Bögen. Die Frau säubert dem Jungen die Hände mit einem Tuch. Die beiden alten Männer scherzen und klopfen sich gegenseitig auf die Schulter. Die Zeichen, so scheint es, stehen günstig. Wir können aufbrechen.

Die Pferde — kurze, stämmige Tiere, mit tuchbedeckten Holzsätteln — werden nun zum Eingang des Pfahlzauns geführt. Wir steigen auf. Der alte Mann, der sich meiner vor seinen Nachbarn ein wenig schämt, zeigt mir, wie man ohne Steigbügel reitet, indem man die Knie fest in die Flanken des Pferdes preßt. Aus Höflichkeit machen sich die jüngeren Männer an ihren Sattelriemen zu schaffen. Einer von ihnen pfeift, blickt in die Ferne über die Flußebene, wo das verschwommene fahle Licht der Sonne hinter dem Nebel am östlichen Horizont glimmt. Wir reiten aus dem Dorf hinaus. Nach den Marschen hin ist der Boden mit Reif bedeckt. Beim Reiten hinterlassen unsere Hufe große Abdrücke, die sich sogleich ausdehnen und vergrößern, als würden uns riesige Pferdemenschen, wie die in meinem Traum, unsichtbar folgen und ihre Hufe genau in unsere Spur setzen. Nebel steigt aus den Tümpeln auf, legt sich auf die Brust unserer Pferde, um unsere Knie. Es ist, als wateten wir durch eine Wolke. Aber hoch oben steht ein gelbes Licht, gebrochen von zerklüfteten Wolken, und die Vögel singen.

Eine halbe Stunde später — die Sonne ist jetzt ein einziger roter Ball, hoch über dem Gestrüpp — waten wir immer noch durch Nebelschwaden, die sich auf den Anhöhen aufzulösen beginnen, in den Senken aber sind sie dicht wie Brandungsschaum.

Wir kommen langsam voran, die Pferde platschen durch den Morast, und wenn es bergauf geht, schnaufen sie. Das Land oberhalb der Flußebene ist zerklüftet, und wir müssen uns an das Hochland halten, denn seit den Sommerregen sind die Marschen noch immer überflutet.

Endlich löst sich der Nebel auf. Wir sind in eine spärlich bewaldete Landschaft gekommen, frostweiße Stämme, lanzenförmige Gräser, die in der frühen Sonne gold und braun leuchten. Kaninchen fliehen vor uns, taumeln ins Gestrüpp. Die Männer lachen und rufen, wenn die kleinen weißen Schwänze weghoppeln. Wir steigen nun zu einem bewaldeten Plateau hinter einem Kamm zerklüfteter Felsen auf, die in einer anderen Welt eine alte Festung sein könnten. Zwischen den aufragenden Granitwänden geht es steil nach oben. Am Kopf unseres Zuges höre ich, wie das erste Pferd in Galopp fällt — dort muß eine Lichtung sein. Als ich endlich das letzte Stück der grasigen Steigung hinter mich gebracht habe — mein Pferd rutscht beinahe unter mir weg — sehe ich es.

Es ist eine riesige natürliche Arena. Der erste Reiter hat ungefähr dreißig Meter davon entfernt angehalten, alle anderen galoppieren zu ihm, bilden eine Linie und bewegen sich nun auf eine Wand von windzerfetzten Kiefern zu, verschwinden in ihr. Ich bleibe ein kleines Stück hinter ihnen, denn ich merke nun, daß wir mit diesem Aufstieg einen Umweg gemacht haben. Irgendein Ritual wird hier vollzogen, an dem ich nicht teilhabe. Wir reiten unter Bäumen über einen Teppich weicher Nadeln, die Pferdehufe wirbeln ihren Duft auf.

Als sich der Kiefernwald zu lichten beginnt, wird sichtbar, was dahinter liegt. Zuerst kann ich nicht erraten, was es ist. Dann fallen mir die Erzählungen ein, die ich gehört habe, und ich erkenne es: ein großer Kreis von Grabhügeln, hundert vielleicht, alle aus gebrochenen Steinen, und über vielen ragen noch, auf einen Pfahl gespießt, die Skelette von Pferd und Reiter — die angemessene Bestattung für Pferdemenschen. Ich folge den Männern um den großen Ring. Große Vögel flattern auf, erheben sich in die Luft und kreisen über uns. Der Wind rüttelt an den Pfählen, die in ihrer Verankerung klappern. Dieses Geisterheer erinnert mich an meinen Traum. Wir reiten um den Kreis, einmal, zweimal, ein drittes Mal. Dann halten wir an. Das Dorfoberhaupt nimmt einen Beutel voller Getreide von seiner Schulter und plötzlich prescht die ganze Gesellschaft los, ein wildes Rennen zwischen den Toten — hin und her zwischen den klappernden Pfählen mit ihren Skeletten. Die Männer werfen den toten Mündern Hände voller Getreide zu und stoßen Schreie aus, um die bösen Geister und die Vögel zu vertreiben. Jetzt erst erkenne ich auch die verkümmerten Halme von Gerste, wildem Hafer und Weizen um mich herum im Sonnenlicht. Wir sind inmitten eines riesigen Feldes.

Die Schreie der Männer verhallen, der alte Mann reitet an meine Seite und reicht mir eine Handvoll Körner. Ich nehme sie einfältig entgegen, begreife aber zuerst nicht, was er von mir will. Mit einem Grinsen, das all seine schlechten Zähne entblößt, wirft er seinen Kopf zurück und stößt einen markerschütternden Schrei aus. Nickt dann und blickt mich erwartungsvoll an.

Befangen wiederhole ich den Laut. Wieder lächelt er, und immer noch lächelnd klopft er mir auf die Schulter. Ich reite hinein in die lichterfüllte Arena, liefere eine schwache Parodie des Todesschreis der Reiter und verstreue meine Handvoll Körner.

Während ich zwischen den ragenden Formen hin und herjage, überkommt mich eine merkwürdige Heiterkeit. Ich fühle mich an etwas erinnert, so als wäre all dies schon einmal geschehen, aber mein Geist vermag es nicht zu fassen. Noch einmal schreie ich, lauter, schlage nun einen engen Kreis um das Feld, so wie ich es bei den anderen gesehen habe, lasse die kalte Luft in meine Lungen dringen, stoße sie in einem langen Schrei wieder heraus und fühle mich von etwas befreit, so als sei mit der ausgestoßenen Luft auch eine Angst verschwunden und mein Geist nun klarer als zuvor. Ich bin ein Römer, sage ich mir, während ich zu den anderen zurücktrotte, die mit breitem Grinsen auf dem Boden sitzen. Ich bin Römer und ich bin Dichter. Aber mein Atem und der Klang, den er hinausträgt, dringt immer noch aus meinem Körper in die Welt, und ich fühle mich freier. Der alte Mann begrüßt mich mit einem Handschlag. Er sagt Worte, die ich nicht verstehe; und als wir davonreiten, lenkt einer der jungen Männer sein Pferd beiseite, so daß ich den steilen Hohlweg nun direkt hinter dem Oberhaupt hinabreite, der übrige Trupp hinter uns.

Während wir hinaus in das Sonnenlicht reiten, stelle ich fest, daß ich vielleicht zum ersten Mal seit dreißig Jahren an den Bruder denke, der starb, als ich ein junger Mann war, und dessen Platz als Erbe meines Vaters ich einnahm.

Vor dreißig Jahren. In einem Zug genau wie diesem ritt ich nach der Beerdigung von seinem Grab fort, mein Vater an meiner Seite. Plötzlich presche ich eine Pferdelänge voraus. Er ist böse auf mich. Ich fühle mich verletzt und mißachtet, denn ich weiß, was er denkt: daß mein Bruder derjenige von uns beiden war, der hätte überleben sollen. Ich bin der Leichtfertige, der nichts erreichen wird in der Welt. Mein Bruder hätte die Ländereien, die uns noch blieben, gerettet, er wäre zu hohen öffentlichen Ehren gekommen, er hätte alles getan, was man von einem guten Sohn an Frömmigkeit gegenüber den Göttern der Familie erwarten kann. Ich weiß, daß es wahr ist, und empfinde mein Leben, das Gewicht meines ganzen Körpers im Sattel als eine Last. Ich würde alles dafür geben, daß ich in dem Steingrab liegen und er an der Seite meines Vaters im Sonnenlicht davonreiten könnte. Aber der Stolz hat mich dickköpfig gemacht. Und die Schuldgefühle. Als wir wieder auf gleicher Höhe reiten, sage ich meinem Vater, daß ich fortgehen und niemals zurückkehren werde. Als ich mich auf dem schmalen Pfad, der vom Grab wegführte, von ihm löste und eine ganze Pferdelänge vorausritt, hatte mein Abschied bereits begonnen. Ich bin schon unterwegs nach Rom. Ich kann es noch nicht wissen, aber ich bin schon unterwegs ins Exil, bin schon aufgebrochen zu diesem Tag dreißig Jahre später, an dem ich als alter Mann am Rande der Welt mit den Barbaren umherreite — dort, wohin das römische Gesetz, an das mein Vater so leidenschaftlich glaubt, und der römische Staat, dem er unser Leben verschrieb, nicht mehr reichen. Im Umkreis von neun Tagereisen kein Mensch, der die römische Sprache spricht. Wer hätte es ahnen können, an jenem Morgen, daß wir uns so weit voneinander entfernen würden, daß sein Fluch wider mich — unausgesprochen zwar, er ließ ihn ja nicht einmal an die Oberfläche seines Bewußtseins kommen — mich so weit forttragen und all die Jahre auch im Sonnenlicht wie ein kalter Luftzug auf meinem Rücken lasten würde.

Jetzt plötzlich ist das Sonnenlicht auf meinem Rükken warm. Irgendwo in dem barbarischen Geschrei dort oben auf dem Plateau, habe ich sie in mein Leben zurückkehren lassen: den seit dreißig Jahren toten Bruder, den Vater, den man ein Jahr vor meiner Verbannung begrub. Um sie habe ich geschrien. Die Riten, die ich während der Beerdigung meines Vaters als bloße Formsache abtat — ein römischer Sohn opfert, verschüttet einige kalte Tropfen für einen römischen Vater —, wurden in jenem Schrei plötzlich mit Leben erfüllt, und ich mache meinen Frieden mit den Toten. Endlich frei, meinen eigenen Tod vorzubereiten.

Gegen Mittag erreichen wir die Jagdgründe in den Birkenwäldern.

Die meisten Bäume sind schon kahl, ihre silbrigen Stämme schwarz geschlitzt, die letzten goldenen Blätter im Zweigwerk hängengeblieben, und die Erde, bedeckt von einer Schicht frisch gefallenen, feuchten Laubs, seufzt und ächzt unter unseren Hufen. Die Sonne ist wäßrig, der Himmel blaß, kein Wind geht. Es ist fast unnatürlich still.

Einer der jungen Männer steigt ab und führt sein Pferd, bückt sich, um die Erde dort, wo sie zwischen dem Laub durchscheint, nach Spuren abzusuchen. Wir alle steigen ab und folgen ihm. Er führt uns zu einem Wolfsbau. Die Wölfin steht mit entblößten Reißzähnen am Eingang, und die Jungen, die wir überrascht haben, hören auf, herumzutollen, einander zu zwicken, kleine weiche Wesen, ganz Pelz, und während wir uns nähern, weichen sie zurück, stehen jetzt auf allen Vieren hinter ihr und starren uns an. Wir gehen weiter, finden kurz darauf die Spuren eines Bären, dann Wildspuren. Und dazwischen, erstaunlicherweise, obwohl die andern nicht überrascht scheinen, die Abdrücke eines menschlichen Fußes — eines nackten, kleinen Fußes, vielleicht die Spur eines Kindes. Der alte Mann nickt ernst und erklärt mir mit Zeichen: Es ist ein Kind. Ein Junge, ungefähr zehn, ein wilder Junge, der bei den Wölfen lebt. Vor zwei Wintern sind sie zum ersten Mal auf die Abdrücke gestoßen. Und im letzten Jahr sah einer der Männer den Jungen, konnte sich ihm aber nicht nähern.

Aufregung packt mich. Ich habe tausend Fragen, kann sie aber nicht stellen. Woher kommt der Junge? Wer sind seine Eltern? Wie kam er hierher? Wie konnte er überleben — nackt die Winter überstehen —, ohne jemanden, der für ihn sorgte? Natürlich habe ich schon früher von solchen Fällen gehört. Überall erzählen die Menschen Geschichten von wilden Kindern, aber wenn man genau nachfragt, hat noch nie jemand wirklich eines gesehen. Und dann gibt es natürlich auch unsere römischen Zwillinge, die Wolfsbrüder, die Väter unseres Staates. Aber ich bezweifle, daß irgend jemand außer ein paar einfältigen Bauern wirklich an ihre Legende glaubt. Aber die Fußabdrücke des Kindes sind wirklich, so wirklich wie die Wildspuren daneben.

Ich berühre einen der Abdrücke mit meinen Fingerspitzen und erhoffe mir von dieser Berührung ein Bild von dem Geschöpf, das diesen Abdruck hinterlassen hat. Durch die Wärme, die ich zu spüren meine, beschwöre ich es herauf, rufe es herbei. Aber das ist unsinnig. Der Fuß kann den Boden nur für den Bruchteil einer Sekunde berührt haben. Das Kind rannte, sprang über die Blätter. An der Tiefe des Eindrucks und daran, wie weit die Abdrücke auseinanderliegen, erkennt man, daß das Kind mit dem Wild läuft, ihm an Behendigkeit nicht nachsteht.

Ich berühre einen anderen der Abdrücke. Wie ein Wunder kommt er mir vor. Und plötzlich, so als habe meine Vorstellung ihn wirklich herbeigerufen, sehe ich den Jungen und, noch eigenartiger, ich erkenne ihn wieder. Als erster von uns allen sehe ich seine Umrisse gegen das blaue Licht zwischen zwei Birken ungefähr fünfzig Schritte entfernt; geduckt wie ein Tier starrt er uns an, ein kleiner Junge, so mager wie ein Stock, jede Rippe seines Leibes zeichnet sich unter der gebräunten Haut ab, knochige Ellbogen und Knie und glattes, auf die Schultern reichendes schwarzes Haar. Bei meinem Schrei richtet er sich auf und verschwindet mit hohen Sprüngen zwischen den Bäumen.

Habe ich ihn wirklich gesehen? Oder sah ich nach all den Jahren plötzlich das Kind wieder, das in Sulmo mein geheimer Gefährte war und dessen Existenz ich vergessen hatte? Plötzlich stand er wieder vor mir. War die Vision wirklich? Ich bezweifle es. Aber die Männer glauben an das, was sie gesehen haben. Sie besteigen schnell die Pferde und galoppieren in die Richtung, die mein Arm ihnen weist, wobei ihre Hufe Erdklumpen und Schauer von Blättern hochwerfen. Zur gleichen Zeit kommt ein Rudel Rehe, das versteckt zwischen den Hölzern graste, über die Lichtung auf mich zugesprungen, entfernt sich in Panik, als ich aufschreie und falle.

Als die Männer zurückkommen sind sie erfüllt von einer Geschichte, die sie mir nicht verständlich machen können. Haben sie den Jungen wirklich gesehen? Er kann ihnen nicht davongelaufen sein, er muß sich irgendwo verkrochen haben — in einem Wolfsbau oder tief in einer Laubmulde oder unter den Wurzeln eines Baums. Wir reiten langsam zwischen den Bäumen dahin, wie im Traum bewegen wir uns zwischen den silbrigen Stämmen, geben einander durch Rufe zu verstehen, wo wir uns befinden und spähen nach irgendeinem Anzeichen von Bewegung. Unsere Ohren lauschen auf einen Laut. Hin und wieder scheuchen wir ein paar Rehe auf. Einer der jungen Männer erlegt ein Tier und packt es sich auf die Schultern für unser Abendessen. Den ganzen Nachmittag umkreisen wir immer wieder dieselben wenigen hundert Schritt Wald, wie in einem Traum, bis die Abendnebel sich verdichten und das Licht schwindet. Ich überlege, was wir tun werden, wenn wir den Jungen entdecken. Ihn jagen und einfangen? Und dann? Wer ist er? Der Tag wird blau, Schatten sammeln sich um uns, der alte Mann beschließt, ein Lager aufzuschlagen.

Wir binden die Pferde an, und der alte Mann weist jedem von uns eine Aufgabe zu. Ich soll Holz für das Feuer sammeln. Einer der jungen Männer bleibt ebenfalls zurück, um das Reh zu häuten und zu zerteilen. Er macht das geschickt und sauber, hängt das ganze Fell über einen Ast und zerhackt das Fleisch in Keulen und Klumpen zum Rösten über dem Feuer. Die Eingeweide legt er zur Seite, neben einen Kürbis, den er mit dem ersten Blut des Tieres gefüllt hat.

Ich wandere herum, murmele vor mich hin, schichte meinen Reisighaufen auf. Dann setze ich mich auf den Boden, reibe mir die Knie und denke an ihn: den Jungen.

Wo ist er? Beobachtet er uns noch aus seinem Versteck? Klar erinnere ich mich jetzt an seine Augen, die mich von der offenen Stelle zwischen den Bäumen her fixierten. Diesen Blick kann ich mir nicht ausgedacht haben. So etwas habe ich noch nie zuvor gesehen, außer in den Augen *meines* Jungen vor so vielen Jahren. So etwas habe ich auch in meinen Gedichten nicht erfunden, die bevölkert waren von merkwürdigen Geschöpfen, eingefangen in einem Moment schmerzlicher Verwandlung vom Menschen zu einem höheren oder niederen Lebewesen. Dieses kantige, kleine Gesicht mit dem schwarzen, starrenden Blick übersteigt meine Vorstellungskraft, und ich denke daran, wie armselig meine Poesie mit ihren eleganten Fabeln und ihren hübschen, erklärbaren Wundern doch war, verglichen mit der zufälligen Realität dieses Geschöpfs, das (wenn es existiert) nicht existiert, um zu beeindrucken, sondern einfach, weil es irgendwie ins Leben hineingestolpert ist. Ich reibe meine Knie und spreche mit mir selbst in meiner eigenen Sprache, so daß der junge Jäger, der über und über mit Blut beschmiert ist, aber offenherzig und leutselig dreinblickt, aufschreckt und sich von mir fernhält. Als die anderen zurückkommen, sehe ich, wie er dem alten Mann etwas sagt, der mir scheue Blicke zuwirft, und ich muß mich zurück in die Gesellschaft zwingen — falls man es so nennen kann, da ich doch weder Erfahrung, noch Sitte noch Sprache mit diesen Männern teile, sondern nur die menschliche Gestalt.

Ich beobachte, wie der Schamane seine Symbole über das niedergetretene Gras verstreut. Eine Nadel aus einer Fischgräte, einen Klumpen Tonerde, die er zu einem groben Ball geformt hat, eine Handvoll Körner. Er verteilt diese Dinge in einem Kreis, den er mit einem Knochen auf den Boden gezeichnet hat. Ich lausche, als er sich in den Hüften vorwärts und rückwärts zu wiegen beginnt und eine schrille, weibische Stimme aus sich hervorlockt, ähnlich der, die der alte Mann für seine Geschichten benutzt; aber noch viel höher, überirdischer sind die kleinen Seufzer und Schreie und die langen, getragenen Pfiffe, die er von sich gibt, während er sich über der Erde wiegt. Endlich, als er still wird und zu schlafen scheint, öffnen sich seine vorgestreckten Hände. Der junge Mann, der das Wild getötet und geschlachtet hat, tritt mit seinem Kürbis voll Blut an den Rand des Kreises, streicht mit dem Zeigefinger ein wenig auf die Stirn des Schamanen, berührt die runzeligen Lippen und träufelt dann ein paar Tropfen in die Hand des Schamanen. Mit dem Rest des Blutes zieht er die Linie des Kreises nach. Wir bleiben außerhalb in der zunehmenden Dunkelheit, bis der Schamane zu sprechen beginnt, ein halbes Dutzend Silben, die er ohne Unterlaß in seiner eigenen Stimme wiederholt, unterbrochen nur von kurzen, schrillen Tönen in der anderen Stimme. Dann erwacht er plötzlich, und es ist vorüber. Während wir ihn beobachteten, war er auf einer Traumreise zu den fernen Gegenden am Pol. Sein Geist war dort, durcheilte die gefrorenen Steppen, über den Fluß hinaus in die knirschende Öde hinein. Es war die Stimme der Polargeister, die wir durch ihn hörten. Jetzt ist er plötzlich wieder einer von uns, ein ganz gewöhnlicher alter Mann, hungrig, ein wenig steif in den Gelenken, der auf seinen krummen Beinen herumläuft, dabei hilft, ein Feuer zu machen und Birkenzweige zu einem hohen, kegelförmigen Schutzgehäuse zusammenzubinden.

Sieht uns der Junge bei all dem zu? frage ich mich. Und was denkt er sich? Was glaubt er, zu welcher Gattung wir gehören? Erkennt er seine eigene wieder?

Während ich an den dicken Rehfleischstücken herumkaue und mir die Finger sauberlecke, denke ich unablässig daran, und auch nachher, als die Männer zusammen singen — es klingt unheimlich hier draußen in den leeren Wäldern. Hört er sie? Welche Vorstellung macht er sich von den Kreaturen, die solche Geräusche von sich geben? Hat er entdeckt, daß auch er mit Hilfe seines Atems Laute aus sich hervorholen kann? Hat er die Anfänge des Sprechens entdeckt? Spricht er mit sich selbst, da es kein anderes Wesen gibt, mit dem er seinen Geist, seine Sprache teilen könnte? Ergeht es ihm darin wie mir?

Mit diesen Gedanken schlafe ich ein, werde wieder halb wach, sehe, daß ich allein bin, nur die Sterne über mir, dann falle ich in tieferen Schlaf und träume. Oder werde ich hellwach? Ich weiß es nicht. Ich fühle nur, daß irgendein Tier aus dem Dunkeln zu mir gekommen ist und mich anstarrt. Ein Wolf? Ist es eine Wolfsschnauze, die ich spüre, der Atem eines Wolfs? Oder der eines Rehs? Oder ist es der Junge? Wie in jenem früheren Traum begegne ich einem Wesen, das nicht ich selbst bin und das auch nicht meiner Vorstellung entspringt. Es ist etwas, das einem anderen Sein angehört, dem ich aus den Tiefen meines Selbst entgegensteige, um ihm zu begegnen, gleichsam an der Oberfläche eines Spiegels. Ist es das Kind, das aus meiner Tiefe heraussteigt? Welches Kind? Woher kommt es? Wer ist es?

Ich wache auf. Niemand ist da. Eingewickelt in ein Fell wälzt sich auf der anderen Seite des Feuers einer der jungen Männer im Schlaf und murmelt mit schwerer Zunge einige fremde, unverständliche Silben — ob in seiner eigenen oder der Nichtsprache der Schlafenden, weiß ich nicht. Jemand muß mich zugedeckt haben. Ich liege einen Moment wach und blicke zu den Sternen hinauf, die sehr nahe scheinen. Sie sinken auf mich, durch mich hindurch. Als ich wieder aufwache, dämmert der Morgen.

Der Winter kam und ging. Wir sind schon mitten im Frühling. Die Tage sind von einem wässrigen Blau, und es geht ein sanfter Wind, aber keine Blüte zeigt sich. Das Gestrüpp ist jetzt nicht mehr schwarz, eher von einem grauen Grün. Aber es gibt keine Obstgärten, die aufblühen könnten, keine Veilchen, keine Schattenbäume, die ihre blaßgrünen Wedel ausbreiten könnten, keine sprudelnden Bäche im Sonnenlicht.

Der Winter war von ungeheurem Schrecken. Sieben Monate lang heult der Wind vom Pol her über tausend Meilen offenen Graslands, drückt das Gestrüpp zu Boden, peitscht das Meer zu schwarzem Schaum, bis schließlich der ganze Ozean gefriert und man ihn vom Land aus betreten kann, die Fische bewegungslos darunter. Die salzigen Tümpel, aus denen die Frauen unser Trinkwasser holen, sind fest gefroren. Nun gehen die Männer hinaus, hacken Brocken von Eis ab, schleppen sie zurück, um sie, wenn wir Wasser brauchen über einem Feuer zu schmelzen. Unmöglich, sich ohne Kopfvermummung, eingehüllt in Fell und Mantel, mit Stiefeln und Gamaschen in den frostigen Sturm hinauszuwagen — und selbst dann gefriert der Atem. Am Bart bilden sich Eiszapfen, die zerspringen und klirren. Wenn irgend jemand wagte, dort draußen den Mund zu öffnen, und sei es nur, um einen anderen zu begrüßen, dann könnte man seine Worte genauso abhacken wie unser Trinkwasser und später in der Wärme des Hauses auftauen.

Wir bewegen uns wie in einem Traum, als hätte sich der Verstand in unserem Kopf in kleine, scharfkantige Kristalle verwandelt. Als hätten wir uns wie die Bären und andere Geschöpfe in einer Höhle in unserem Inneren verkrochen und seien eingeschlafen, als wankten wir wie blaße Traumgestalten umher — steif, ohne etwas zu sehen, wenn einer in den Gesichtskreis des anderen tritt und ihn wieder verläßt.

Meine Gedanken wandern unentwegt hinaus zu den Birkenwäldern und dem Jungen. Wie überlebt er dort draußen? Nackt. Unbehaust. Ich sehe ihn oft in meinem Schlaf. Zwischen den Birken bewegt sich ein Geist über den Schnee, kaut an einer Flechte, gräbt unter dem Eis nach Blättererde. Kann er diesen Winter überstehen? Werden die Männer im nächsten Jahr seine Spuren noch finden? Ich bin voller Ungeduld, sehne das milde Wetter herbei, damit ich den alten Mann, Ryzak, drängen kann, ein paar Männer zusammenzurufen und nach ihm zu suchen. Es ist mein Geheimnis. Wenn die Zeit gekommen ist, werde ich sprechen. Das allein hält mich am Leben hier. Inzwischen verfolge ich den Jungen in meinem Schlaf, Nacht für Nacht, ich wärme ihn mit meinem Atem. Oder ist es auch in meinem Traum der Atem eines Tieres, der ihn wärmt, eines Wolfes oder Rehs? Überschläft er vielleicht wie manche Tiere den Winter in einer Höhle, zusammengerollt und mit der Fortdauer der Dinge nur durch seinen langsamen Atem verbunden? Wenn ja, wie ernährt er sich? Wovon träumt er? Träumt er überhaupt?

Es ist der wilde Junge meiner Kindheit. Ich weiß es jetzt. Der zu mir zurückgekommen ist. Er ist Das Kind.

Zwei Ereignisse verleihen diesen weißen Monaten Gestalt. Das erste ist die von Straße zu Straße unseres Dorfes gerufene und mit einem hölzernen Gong verkündete Nachricht vom Heranstürmen der Daker; sie haben bereits eine der Städte im Norden überrollt, Brände gelegt und dringen nun über den Fluß zu uns vor. Das zweite, fast unmittelbar darauf folgende: der Überfall selbst.

Lange vor Jahresende hatte der Fluß zu frieren begonnen. Fünftausend Schritte breit, ist er nun eine Brücke aus festem Eis, über die die dakischen Reiter aus der nördlichen Ebene herandonnern. Die Männer beziehen an den Palisaden des Dorfes Stellung. Auch ich werde mit Lanze und Helm versehen und aufgefordert, mit einem Trupp hinauszugehen. Ich, der ich fünfzig Jahre in einem Reich lebte, das mit sich im Frieden war, und der ich nie auch nur einen Tag lang exerziert habe, werde nun, unkenntlich unter einem Berg von Fell, in die kalte Nachtluft hinausgeschickt, um hinter ein paar Holzpfählen Wache zu stehen.

Das alles hat auch seine komische Seite. Als römischer Bürger und Ritter, als Abkömmling einer langen Reihe von Kriegern, durch Gesetze und blühende Kultur gegen die Barbaren gewappnet, hatte ich für so altmodische Vorstellungen wie Pflicht, Patriotismus oder militärische Tugenden nur Spott übrig. Und nun stand ich hier, fünfzig Jahre alt, am äußersten Ende der bekannten Welt und schob Wache. Um was zu schützen? Ungefähr hundert Hütten aus Lehm und Flechtwerk, dreihundert wilde Fremde, die noch nicht einmalm eine Sprache sprechen. Und natürlich meine eigene Haut.

In der Nacht, in der der Überfall dann stattfand, lag ich im Bett und mußte von einer der Frauen wachgerüttelt werden. Dann hörte ich es auch. Den Donner der Hufe auf dem Eis, die Schläge des hölzernen Gongs, die Stimmen im Dunkeln. Ich stolperte hinaus. Gespenstische Gestalten aus dem Norden, aus meinem Traum, galoppierten über den breiten Bogen Mondlicht, der noch vor wenigen Wochen Wasser war, auf uns zu. Pfeile regneten aus dem Himmel und fielen auf Strohdächer, trafen einen armen Burschen, der um eine Ecke der Einpfählung spähte. Sich vor Schmerz krümmend fiel er zu Boden. Die Pfeilspitzen sind in Gift getaucht. Die Wunde eitert und stinkt. Drei Tage lang ist der Mann, dessen Körper getroffen wurde, im Delirium, bis er allmählich seinen Weg hinaus in das Grasland jenseits des Flusses findet, zu dem Ort, wo die Erde ihn empfangen wird. Die ganze Nacht wirbelten sie heulend und jaulend wie die Wölfe um den Palisadenzaun, und die Pfeile fielen. Am Morgen waren sie fort, und im Südosten stand alles Strauchwerk in Flammen. Große Rauchwolken quollen von dort zu uns herüber, schwarz, bitter, mit dem Geruch von Dornen.

Sie sind zu einer der Siedlungen auf der thrakischen Seite weitergezogen. Jetzt ist Frühling.

Ich habe mit dem alten Mann über einen Suchtrupp gesprochen (ich beherrsche ihre Sprache jetzt so gut, daß ich ihnen meine dringendsten Anliegen verständlich machen kann), aber er scheint sich nicht festlegen zu wollen. Hat er Angst? Existiert irgendein Aberglauben über das Kind? War der Trancegesang des Schamanen, in dem ich eine Art Segenszauber für die Jagd sah, in Wirklichkeit eine Zeremonie für das Kind? Was glauben diese Leute, woher der Junge stammt? Von den Göttern? Oder meinen sie, er ist einer von ihnen? Ist er das? Oder vielleicht ein Kind, das die Horden aus dem Grasland im Norden bei einem ihrer Überfälle hier verloren haben?

Ich habe dem alten Mann nicht erzählt, daß ich den Jungen kenne, schon als Kind in Sulmo mit ihm sprach. Ich habe ihm auch nicht gesagt, daß ich den Jungen fangen und hierher zu uns bringen will, sondern nur, daß ich mich vergewissern muß, ob er den Winter überlebt hat, was mir der alte Mann gerne glaubt, denn sie glauben ohnehin, ich sei verrückt, würde mich ständig über Dinge erregen, die ihnen gleichgültig sind, und irgendwelchen Vorstellungen in meinem Kopf nachjagen. Aber Tag für Tag hat der alte Mann eine neue Ausrede. Die Einpfählung muß repariert werden, sie müssen in den Norden zu den Kiefernwäldern, um Baumstämme zu holen. Dann stirbt ein alter Mann aus dem Dorf, und die ganze männliche Bevölkerung begibt sich auf einen zwei Tage währenden Trauerzug, um ihn zu begraben. Dann kommen die Fischschwärme. Eine ganze Woche lang rudern die Männer mit ihren Netzen aufs Meer hinaus. Dann ist die Zeit der Tintenfische, jede Nacht nehmen die Männer ihre Laternen und gehen auf Fang. Will der alte Mann mich einfach nur bei Laune halten? Müssen wir, wie im letzten Jahr, den Herbst abwarten?

Es ist Herbst. Morgen brechen wir wieder zur Jagd in die Birkenwälder auf. Ich wage nicht, das Kind zu erwähnen. Unser Ritt gleicht dem vorherigen, wir machen denselben Umweg, hinauf zum Plateau, reiten durch den Kiefernvorhang, hinter dem die Toten hoch auf ihren fleischlosen Rössern sitzen. In diesem Jahr ist die Kälte früh hereingebrochen. Das Plateau ist in

Wolken gehüllt, graue Nebel hängen über unserem Weg, die Pfähle ächzen und schwanken. Die Schreie der Männer, während sie im Kreise reiten und ihre Hände voll Körner verstreuen, werden vom Nebel gedämpft, abgeschnitten und in ihre Kehlen zurückgeweht.

Auf dem Weg zu den Birkenwäldern nieselt es. Wir sehen keine Spuren. Die Erde unter uns ist aufgeweicht, und die Pferde platschen durch Tümpel von leuchtend blauem Licht zwischen den Blättern oder durch schmutzig-graue Wolken. Wir jagen Rehe. Häuten sie, zerteilen das Fleisch und laden es in Körbe. Kein Zeichen von dem Kind. Die anderen Männer blicken sich furchtsam um und sind froh, als wir aufbrechen können. Ich bin wahnsinnig vor Enttäuschung und Trauer. Noch ein Winter. Wie soll der Junge überleben? Wie soll ich leben, ohne zu wissen, daß er noch dort ist?

Ein weiterer Frühling.

Ich verstehe jetzt alles, was mir diese einfachen, aber freundlichen Leute in ihrer rauhen Sprache sagen. Ich habe begonnen, den Enkel des alten Mannes Latein zu lehren, lasse ihn in dieser Sprache schreiben und Gedichte aufsagen. Manche davon sind meine eigenen. Er ist klug, hat aber einen mürrischen Charakter. Er sieht keinen Sinn in dem, was er lernt. Wenn ich jetzt dem alten Mann lausche, den Geschichten, die er uns in dem kleinen Hof erzählt, weiß ich, was die verschiedenen Stimmen bedeuten: sie sind der Nordwind, sie sind Wölfe, Riesen, sie sind die Geister von Kriegern, sie sind ein Schienbein, ein abgetrennter Kopf, sie sind der Meeresgrund. Die Geschichten des alten

Mannes sind unendlich viel fabelhafter als alles, was ich den Griechen nacherzählt habe; aber sie sind wild, eine Form von zügellosem Spiel, das nichts erklärt, sondern ganz unmittelbar aus der Alptraumlandschaft dieses Ortes und meiner Traumreisen spricht. Unsere zivilisierten Fabeln, die uns immer etwas erklären, elegant begründen, was wir schon wissen und sehen, wirken flach und kraftlos neben diesen hintersinnigen, absurden Scherzen des alten Mannes. Sie sind wie der Winter hier. Sie füllen die Welt. Sie lassen den Kopf schwirren und das Blut stocken. Sie sind absolut wahr und doch erklären sie nichts. Für kurze Augenblicke beginne ich zu verstehen, wie dieser alte Mann, mein Freund, die Welt sehen mag. Seine Sicht ist erstaunlich: nackt, grausam, schrecklich, komisch. Und doch erscheint er mir von Tag zu Tag edler und sanfter als alle Römer, die ich gekannt habe. Neben ihm bin ich ein hysterisches altes Weib. Ohne jede Würde.

Es wird wieder Herbst. Etwas Rauchiges hängt um die Dinge. Wir brechen zu den Birkenwäldern auf.

Fast im ersten Moment — im goldenen Licht des schönen Herbsttages, unter einem Himmel, der sich zwischen dem Gold des frischgefallenen Laubs blau in den Regenpfützen bricht — ist er da. Ganz still steht er zwischen den Birken, ist größer nach diesen zwei Jahren. Ich bin voller Freude. Er ist da. Er ist wirklich. Die anderen sehen ihn auch. Sein Körper ist mit Schlamm bespritzt, knochige Knie und Ellbogen und ein geschrumpfter Bauch. Ein häßlicher Junge von elf oder zwölf Jahren mit einem Vogelnest verfilzter Haare.

Wir sind zu fünft. Wir sitzen im Kreis, trinken ein wenig von der dünnen Suppe, die wir mitgenommen haben, während die Pferde zwischen den Birken herumstreifen und die wenigen Halme, die noch durch das Laub stoßen, abgrasen. Es ist später Nachmittag. Stille. Wir halten unsere Becher in beiden Händen, trinken, sprechen nicht, und plötzlich ist der Junge da, beobachtet uns. Über dem Rand der Becher und den schmutzigen Fingern verdunkeln sich die Augen der Männer. Wir alle blicken starr. Zuerst zu dem Jungen, dann wechseln wir untereinander Blicke und erstarren. Auch die Pferde hören auf zu grasen, heben ihre Köpfe gegen das wässrige Blau des Nachmittags, schnüffeln, wittern die Gegenwart eines anderen. Ich kann unseren Atem hören. Es ist, als wären wir alle einen Moment lang verzaubert. Als bliebe die Zeit stehen. Blieben wir lang genug so sitzen, reglos, mit den Beinen unter uns auf den Blättern gekreuzt, als wären wir ein Teil des Waldes, könnten wir uns von unserem Geist lösen, ihn abschütteln und zu Holz, Laub, Flechte werden — ich weiß, dann würde er zu uns kommen. Ich spüre, die anderen haben Angst. Sie sind starr vor Schrecken. Diese Männer, die sich nicht vor nächtlichen Reiterhorden und nicht vor dem Hagel vergifteter Pfeile fürchten, nicht vor Feuersbrunst und nicht vor dem dampfenden Maul des wilden Ebers, haben Angst vor dem Kind. Ich nicht. Ich bin erstarrt, weil ich fürchte, daß schon ein Hauch unseres Atems oder das Heben eines Fingers ihn verscheuchen könnte.

Also bleiben wir, wie lange weiß ich nicht, reglos sitzen und starren uns an. Und er steht still dort. Aber dann bewegt sich eins der Pferde auf uns zu und verdeckt ihn, als es seinen Kopf zum Fressen senkt. Als es weitergeht, ist in dem Raum zwischen den Birken nichts mehr zu sehen, nur noch Licht.

Ich bin jetzt ruhiger. Er ist noch da, das allein ist wichtig. Alles andere hat Zeit. Wir wollen zwei Nächte in den Birkenwäldern bleiben.

An den Rand des Feuerkreises, wo die Dunkelheit beginnt, stelle ich in der ersten Nacht eine Schüssel Grütze, eine in salzigem Wasser gekochte, mit Honig gesüßte Mischung von Getreidekörnern. Vier Stunden, nachdem die anderen eingeschlafen sind, sitze ich in meinen Mantel eingehüllt und warte darauf, einen Schritt zwischen den Blättern zu hören. Ich weiß, daß er uns beobachtet. Er hat angefangen, nach uns zu suchen, so wie wir ihn suchen. Er fühlt eine Sehnsucht nach uns, das Bedürfnis, sich Gewißheit zu verschaffen, wer wir sind und warum unsere Gestalt, unser Geruch sich so von dem der anderen Lebewesen des Waldes unterscheiden. Ob er sich schon fragt, welcher Art er angehört? Errät er, daß wir, zumindest in Teilen, zur selben Art gehören? So wie wir wissen, daß er, zumindest seiner Gestalt nach, zu unserer gehört.

Ich lausche, aber ich höre nichts. Immer noch aufrecht gegen den Birkenstamm gelehnt, schlafe ich ein und werde vom ersten silbrigen Licht der Morgendämmerung geweckt. Ich krieche hinüber zu der Schüssel. Sie ist leer. Irgend etwas war hier und hat die Grütze ausgeleckt. Ein Tier? Einer der Walddämonen, an die diese Leute glauben? Das Kind? Ich verstecke die Schüssel unter meinem Mantel und tue so, als hätte ich mich dort zwischen den Bäumen erleichtert. Aber der alte Mann beobachtet mich. Er weiß Bescheid. Er hält all dies für Unsinn, für gefährlichen Unsinn. Er schämt sich meiner und meiner Altersnarrheit zu sehr, um mir zu zeigen, daß er Bescheid weiß. Mit lauterer und schrofferer Stimme als gewöhnlich —

als wolle er das Kind damit verscheuchen — kommandiert er die jungen Männer herum.

Der Tag ist klar und still. Überall treffen wir auf Wild. Die Männer jagen und töten fünf oder sechs Tiere. Unser Lager in der Lichtung gleicht einer Schlachterei, Blutgeruch klebt an uns, die Häute hängen tropfend von den Zweigen. Wir schichten große Fleischstücke — Lendenstücke, Keulen, Rippenhälften — in die Körbe. Die Frauen werden sie salzen und den Wintervorrat damit anlegen. Die Arbeit dauert den ganzen Tag. Wir werden eine zweite Nacht hier verbringen und in der Morgendämmerung aufbrechen.

Schon bald schlafe ich ein und träume. Was ich mir gestern vorstellte, als wir das Kind zwischen den Bäumen beobachteten, wird wahr. Wir alle, unser ganzer Trupp, ist verwandelt und ein Teil des Waldes geworden. Wir sind Pilze, wir sind Steine — ich erkenne meine Gefährten. Ich bin eine Wasserpfütze. Ich fühle mich warm werden im Sonnenlicht. Ich bin flüssig, erfüllt vom Blau des Himmels, aber ich bin nur ein winziges Bruchstück des Himmels. Ich fühle, wie die Wolken sanft durch mich ziehen, spüre ihr Licht und einmal einen jähen Flügelschlag. Allmählich wird es dunkel. Eine Brise jagt ein Zittern durch mich. Und als sich die Dunkelheit in mich senkt, beginne ich mich zu fürchten. Irgendwo in der Nähe schwebt mein Geist. Ich weiß, wenn ich erwache, wird er zu mir zurückkommen. Aber plötzlich macht es mir Angst, nur ein Wassertümpel im Wald zu sein. Ich fühle, wie die Nacht herankriecht, fühle, wie ich kalt werde, wie das Licht der Sterne mich füllt und wie meine Temperatur sinkt. Ich überlege, wie es wäre, wenn ich gefröre. Ich stelle es mir vor. Aber nur an den Rändern meiner selbst: wie die ersten Eiskristalle sich aneinanderfügen. Es ist beängstigend. Was geschieht mit meinem Geist? Ich liege im Dunkel des Waldes und warte auf den Mond. Ganz nahe, ganz sanft höre ich Fußtritte. Ein Reh. Das Gesicht eines Tieres beugt sich über mich und erfüllt mich mit Zärtlichkeit. Seine Zunge berührt meine Oberfläche, trinkt von mir. Es nimmt einen Teil von mir in sich auf, aber ich fühle mich dadurch in keiner Weise verringert. Die Empfindungen an meiner Oberfläche sind außerordentlich. Ich zerbreche in Kreise. Ein Teil von mir geht in das Tier über, das langsam seinen Kopf hebt und sich über die Blätter fortbewegt. Ich spüre, wie sich ein Teil von mir entfernt. Was zurückbleibt wird wieder still, ruhig, klarer Spiegel. Was wäre, wenn ein Wolf käme, frage ich mich plötzlich. Was, wenn die nächste Zunge die mich berührt, die rauhe, gierige Zunge eines Wolfes ist, die mich bis zum letzten Tropfen austrinkt, mich austrocknet? Auch das ist möglich. Ich stelle mir vor, wie es wäre, in den Bauch eines Wolfes aufgesogen zu werden. Ich mache mich darauf gefaßt.

Wieder ein Fußtritt, sanfter als der erste. Ich weiß schon, daß es der Junge ist. Größer als das Reh, hebt er sich von den Sternen ab. Er kniet. Er neigt sich über mich. Er leckt nicht wie das Wild, sondern beugt sich so nah über mich, daß sein Atem meine Oberfläche erzittern läßt. Er schöpft eine Handvoll. Sternenlicht tropft von seinen Fingern und fällt in glänzenden Funken in mich zurück. Er trinkt. Wieder zerbreche ich. Die Störung ist beängstigend, laut schlagen die Wellen gegen meine Ränder. Als ich mich beruhige, ist er fort. Ich bin wieder glatter, stiller Spiegel des Sternenlichts. Ich schlafe. Ich wache.

Es ist noch dunkel. Ich sehe, wie der Junge gerade die Schüssel niederstellt. Er hat sich geduckt, hält sie in beiden Händen, dicke Strähnen zottigen Haares verdecken sein Gesicht.

Er hört mich Atem holen. Er ist nur acht Meter von mir entfernt. Ehe er die Schüssel sinken läßt, begegnen sich für einen Moment unsere Blicke. Die Schüssel rollt zu mir. Er springt auf die Füße, steht verwirrt da, als wäre er — zum ersten Mal vielleicht — unschlüssig, in welche Welt er sich flüchten soll — zurück in die Wälder, oder in die unbekannte, neue Welt, die von uns kommt, die er gerochen und berührt und in sich aufgenommen hat. Er trank aus einer von Menschenhand gemachten, auf dem Töpferrad gedrehten, irdenen Schüssel. Er aß Getreidekörner, die ausgesät, gesammelt, zerstampft, gekocht und mit einem Löffel Honig gesüßt wurden. Während wir uns in der Dunkelheit gegenüberstehen, ist etwas zwischen uns vorgegangen. Wir haben miteinander gesprochen. Ich weiß es. In einer Sprache jenseits der Wörter.

Im nächsten Jahr werden wir ihn nicht zu jagen brauchen. Er wird uns suchen.

Erst jetzt tritt er langsam in die Dunkelheit zurück, unter seinen nackten Füßen raschelt das Laub. Wieder muß ich einen ganzen Winter lang warten.

Alles geschieht, wie ich es voraussah.

Das Jahr vergeht schnell. Ich bin wieder kräftig und stark geworden, laufe nicht mehr geistesabwesend und mein Schicksal beklagend herum. Ich streife weit hinaus, in den Busch, wo es von winzigen Tieren und Insekten wimmelt, die alle meine Aufmerksamkeit erregen. Ich klettere zum Strand hinab und spreche mit den Fischern, während das Meer an den glatten Kieseln mahlt und rumort. Das Meer in diesem Teil der Welt ist voller eigenartiger Fische, die alle auf ihre Weise schön sind. Alle sind vollkommen nach ihren eigenen Bedürfnissen gestaltet, und aus diesem Grunde bewundernswert, selbst wenn es nur Schrecken war, der ihre Gestalt hervorbrachte. Ich habe aufgehört, die Schöpfung zu bemängeln und gelernt, sie anzunehmen. Wir haben eine Kraft in uns, die ihre eigenen Ziele kennt. Sie ist es, die uns zu der Gestalt hintreibt, die wir einst annehmen werden. Wir müssen nur die Möglichkeit unseres fernen Wesens erkennen, dann wird irgend etwas in uns auf seine Verwirklichung hinarbeiten. Das ist die eigentliche Bedeutung der Verwandlung. Das ist die wahre Metamorphose. Wie die Blätter und Knospen in einem Baum ist unser zukünftiges Selbst in uns enthalten. Wir müssen nur den Frühling finden und ihn freisetzen. Solche Wandlungen vollziehen sich unvorstellbar langsam. Sie währen Generationen. Aber er ist ständig in Gärung, dieser Prozeß. Wir sind bereits das Produkt von Generationen und Generationen der Sehnsucht nach unserem jetzigen Selbst. Und was du bist, Leser, ist das, was *wir* uns gewünscht haben. Seid ihr schon Götter? Habt ihr Flügel gefunden?

Jeden Tag gehe ich mit dem alten Mann hinaus. Er ist der beste Freund, den ich je hatte. Wie merkwürdig, daß ich mein eigenes Volk verlassen mußte, um ihn zu finden. Er lehrt mich, Netze zu knüpfen; inzwischen stelle ich mich schon ganz geschickt an. Für die einzelnen Fischarten gibt es unterschiedliche Sorten von Netzen, außerdem Reusen und die verschiedensten Haken. Ich bin glücklich, all das zu lernen. Schön ist die Art, wie ein Ding zum andern paßt. Und auch unser Einfallsreichtum, mit dem wir für jedes Ding das finden, was ihm entspricht, ist schön. Es ist eine Art von Dichtung, dieses Hantieren mit Netzen und Haken, die alten Gleichnisse.

Auf meinen Ausflügen in den Busch habe ich begonnen, Samen zu sammeln. Es gibt kleine Sumpfblumen dort draußen, so klein, daß sie kaum zu erkennen sind; wenn ich zurückkomme, drücke ich sie mit meinem schmutzigen Zeigefinger in die Erde, und sie sprießen. Ich bin dabei, einen Garten anzulegen, einen sehr einfachen natürlich.

Den ganzen Winter über habe ich mit meinem Wachtrupp exerziert. Dabei habe ich in mir selbst etwas entdeckt, von dessen Existenz mein Vater immer gewußt haben muß, so sehr ich es auch verleugnete — die Züge eines Soldaten. Wie habe ich mich gewandelt! Was für ein anderes Selbst kommt in mir zum Vorschein!

Ich verstehe die Sprache dieser Menschen jetzt fast so gut wie meine eigene, und sie bewegt mich auf eigenartige Weise. Sie hat keinerlei Ähnlichkeit mit unserer römischen Sprache, deren Endungen dazu bestimmt sind, Unterschiede — kleinste Gedanken- und Gefühlsnuancen — hervorzuheben. Ihre Sprache ist ebenso ausdrucksvoll, aber sie stellt das rohe Leben dar, und sie betont die Einheit der Dinge. Durch diese andere Sprache sehe ich auch die Welt anders. Es *ist* eine andere Welt. Sie scheint dem Grundprinzip der Schöpfung näher zu sein — näher jener unbekannten Kraft, die die Dinge zu dem macht, was sie sind, und in das verwandelt, was sie sein können. Ich spüre, wie mein Auge beginnt, an den einfachen Formen dieser Gegend Gefallen zu finden, an der schmaleren Farbskala, an den schroffen Umrissen von Klippen und Busch, am klaren, wässrigen Licht. Da ich den Frühling jetzt nicht mehr an Blüten und Baumknospen erkennen kann, muß ich ihn in mir selbst suchen. Ich fühle das Eis in mir aufbrechen, spüre, wie ich mich löse und wieder fließe, die Welt widerspiegele. Das ist die Bedeutung von Frühling.

In einem Winter voller langwieriger abendlicher Diskussionen habe ich auch meinen Kampf mit Ryzak gewonnen. Im Herbst, wenn die Birken kahl sind, werden wir hinausziehen und den Jungen suchen; und wenn es uns gelingt, ohne ihm Schaden zuzufügen, werden wir ihn dieses Mal mit uns nehmen. Ein Bedenken hat Ryzak noch: Er muß sich vorher bei dem Schamanen vergewissern, daß wir, wenn wir den Jungen ins Dorf holen, nicht irgendwelche Waldgeister feindlich stimmen.

Ich glaube, die Männer fürchten sich vor allem davor, daß sie den Zorn des unbekannten Wesens, das das Kind aufgezogen und beschützt hat, auf sich ziehen, wenn sie es ins Dorf holen. Vielleicht den Zorn der Wölfe, die im Winter in grauen, zottigen, zähnefletschenden Rudeln, die selbst wie die Geister der Winteröde sind, um die Palisaden streifen und, von der Kälte ausgehungert, mit dem Wind um die Wette heulen. Ryzak fürchtet, der Junge habe vielleicht die Kraft, sich in den Wintermonaten in einen Wolf zu verwandeln. Vielleicht ist das die Art, wie er den Winter überlebt? Was geschähe dann mit uns? Er könnte sich des Nachts hinausschleichen und seinen Brüdern die Tore öffnen. Oder hat ihn ein Wesen aufgezogen, das noch wilder, noch schrecklicher war als die Wölfe? Eine Tiererscheinung, die wir nicht kennen und noch nie gesehen haben? Ist er mit einem solchen Wesen im Bunde und hat die Macht, in dessen Gestalt zu schlüpfen, sich in ein Wesen zu verwandeln, dessen Gestalt und dessen Grauenhaftigkeit wir uns nur vorstellen können und gegen das wir keinen Zauber wissen?

Ich entgegne, daß er nur ein Junge ist, ein männliches Kind, ein Mensch wie wir. Ryzak glaubt mir, vielleicht tut er aber auch nur so, denn mir gegenüber kehrt er gern seine Überlegenheit gegenüber seinen abergläubischen Genossen hervor und gibt sich so vernünftig, wie ich es seiner Meinung nach bin.

Aber ich täusche ihn. Ich weiß, daß es kein gewöhnlicher Junge ist. Er ist Das Kind.

Der Sommer kommt, und mein Garten gedeiht. Wilde Blumen, deren Samen ich zumeist in den Marschen oder zwischen den Weizenhalmen auf unseren Feldern gefunden habe. Wer weiß, woher sie geweht kamen. Meine sorgfältige Pflege hat sie stark gemacht, und regelmäßige Düngung mit Blätterhumus und Pferdemist gibt ihnen satte Farben, blau, rot, gelb. So viel Aufwand für etwas zu treiben, das wir nicht essen können, halten die Frauen im Haus für unglaublich närrisch; aber die Farben gefallen ihnen. Bereitwillig geben sie mir jeden Tag ein wenig von unserem mageren Trinkwasservorrat. Ich glaube, im Grunde wollen sie mich, wie ein Kind, einfach bei Laune halten. Alle anderen Dinge um uns herum existieren nur, weil sie einen Nutzen haben. Die Kleidung der Frauen ist ohne jedes Ornament. Was sie schneidern, hat gute, starke Nähte, aber nicht einen Stich zur Verzierung. Leichtfertig und übermütig sind nur meine Blumen, Teil des früheren Lebens, das ich noch nicht ganz hinter mir gelassen habe. Nur die Zeit, die ich mit den Blumen verbringe, ist Spiel.

Spielen ist für diese Menschen eine unbekannte Vorstellung. Wie kann ich ihnen verständlich machen, daß ich, ehe ich hierher kam, nichts anderes kannte? Alles, was ich früher schätzte, war wertvoll nur, weil es nutzlos war, weil die damit verbrachte Zeit nicht eingefordert, sondern freigiebig verschwendet wurde, weil Spielen frei sein heißt. Ich glaube, das Wort »frei« gibt es in ihrer Sprache gar nicht. Nichts kann sich hier von der ihm eigenen Natur, dem ihm eigenen Gesetz frei machen.

Aber letzten Endes sind wir frei. Wir sind nicht durch Gesetze unserer Natur gebunden, sondern dadurch, wie wir uns vorstellen können, daß wir diese Gesetze brechen, ohne unserem eigentlichen Wesen Gewalt anzutun. Wir haben die Freiheit, über uns hinauszugehen. Wenn wir die Vorstellungskraft dazu aufbringen.

Meine kleinen Blumentöpfe sind hier so umstürzlerisch, wie meine Gedichte es in Rom waren. Sie sind der Beginn, der Anfang des Wandels. Ich weiß, eines Tages werde ich sehen, wie eine unserer Frauen auf ihrem Weg über den Hof mit einem Beutel voller Körner stehen bleibt, um an einer meiner bunten, kleinen Blüten zu riechen. Ohne es zu merken, wird sie den ersten Schritt in eine neue Welt tun.

Unterdessen denke ich nur an das Kind. Der Rest ist reines Ausfüllen leerer Zeit. Der Sommer vergeht mit Blumen. Das Getreide wird eingebracht, gedroschen, gespeichert. Wieder ist es Herbst.

Wir brechen auf, ihn zu holen.

Eigentlich will ich nicht erzählen, wie es bewerkstelligt wurde. Feige wie ich bin, nahm ich an der Jagd nicht teil und am liebsten hätte ich sie gar nicht miterlebt. An einer Birke hockend, mir die Ohren zuhaltend, ließ ich es die anderen für mich tun. Die großen Pferde stampften durch den Wald, wirbelten mit ihren eisernen Hufen Laub auf, die Männer stießen gellende Schreie hervor, schwärmten hierhin und dorthin, so daß das Kind, ins dichte Unterholz, und wieder herausgetrieben, völlig verwirrt sein mußte von den Schreien, die überall erschollen, und von den Schattengestalten, die aus allen Himmelsrichtungen auf es losstürzten. Als es dann plötzlich auf die Lichtung hinausstolperte und vor mir stehen blieb, war es in einem Zustand äußerster Panik, erschöpft, halb wahnsinnig vor Angst, die Schultern von den Dornen blutig gerissen, der Körper mit Schlamm bedeckt. Als der Junge dann endlich eingekreist war, entfuhr seinem Mund ein entsetzliches Heulen, wie ich es noch nie aus der Kehle eines Menschen gehört hatte.

Als sich nun der erste Bursche hinter ihm von seinem Pferd schwingt, bietet der Junge noch einmal seine ganze Kraft auf, schlägt mit den Fäusten um sich, nimmt Hacken und Zähne zu Hilfe, bis der junge Mann ihm mit starker Hand Mund und Nase bedeckt, ihm den Atem raubt und die anderen ihn packen und mit Riemen fesseln. Nur die Augen hören nicht auf, wild hin- und herzufahren. Sein Körper wird von Krämpfen geschüttelt, und ich fürchte, er hat einen Anfall. Ich berühre ihn mit der Hand, ein wildes Zischen kommt aus seinen Nasenlöchern und die Krämpfe verstärken sich. Zum Schluß überlassen wir ihn sich selbst, zusammengeschnürt wie ein Schwein liegt er unter einer Eiche, während der Schamane mit seinem Ritual beginnt. Der helle Gesang der anderen, der polaren Stimme des Schamanen, scheint ihn zu beruhigen. Es ist, als ob der Schamane die Wildheit aus ihm heraussingt, sie nach Norden zum Polarkreis des ewigen Weiß trägt und sie durch ein mit Fischknochen gebohrtes Loch unter das Eis lenkt. Als der Schamane erwacht und aus seinem Kreis tritt, schläft der Junge. Er schlief auf dem ganzen Rückweg, quer vor dem Sattel des Oberhaupts über das Pferd gelegt, und nach unserer Rückkehr ins Dorf noch einen ganzen Tag lang.

Was für eine eigenartige Prozession müssen wir abgegeben haben — am späten Nachmittag die lange Steigung von den Marschen heraufkommend, im Herbstlicht über der Flußebene und der langen schwarzen Kante der Klippen, dahinter glanzlos und grau das Meer. Die Kinder hörten auf, in den Pfützen zu planschen, und liefen mit aufgerissenen Augen hinter uns her. Frauen, die gerade Kleider von den Dornbüschen nahmen, starrten uns an, die Arme voll Wäsche, nur ihre Augen waren sichtbar unter den schwarzen Tüchern. Gerüchte von der Gefangennahme des Jungen waren uns vorausgeeilt. Der magere Junge, etwa von der Größe eines Rehs, der da über das Pferd des Oberhaupts geworfen lag, hätte auch tot sein können, ausgeblutet und ohne Geist, wie die Fleischklumpen, die wir auf den anderen Pferden nach Hause brachten.

Aber die Neuigkeit hat sich schon verbreitet, daß das Wesen, was immer es sein mag — Wolfsjunge, Gott, Satyr — lebendig ist. Das Dorf hat ihn aufgenommen. Jetzt beginnt es.

III.

Was habe ich getan?

Immer noch zusammengeschnürt, liegt das Kind mir gegenüber in einer Ecke des Raums. Vom ersten Augenblick an weigerten sich die Frauen, ihn zu berühren. Wenn er sich beschmutzt, muß ich ihn waschen. Sie bereiten ihm die Mahlzeiten, mit Honig gesüßte Mehlgrützen, aber sie treten nie über die Schwelle. Ich binde seine Hände los und warte vor der Tür darauf, daß er sich über die Binsenmatten schiebt und die Grütze aufschlürft; er schnaubt dabei wie ein hungriges Tier. Er winselt, aber er weint nicht. Seine Augen bleiben trocken. Nie dringt ein menschliches Schluchzen aus ihm. Nie überläßt er sich, wie andere Kinder, befreienden Tränen. Das Winseln kommt von irgendwo ganz oben in seinem Kopf. Er muß es den Tieren abgeguckt haben. Stundenlang, ohne Unterlaß, stößt er diese Töne aus. Uns so wie andere Kinder am Daumen lutschen, um sich zu trösten, erregt er sich ohne jede Scham — so wie ich es bei Affen oft gesehen habe — mit der Hand, bis er ein wenig erbebt, wieder und wieder, bis die Zuckungen ihn erschöpft haben und er mit hochgezogenen Knien und zusammengepreßtem Mund still in der Ecke kauert; oder er rollt sich zu einer Kugel zusammen, die Knie unter dem Kinn, die Ellbogen zwischen sie gepreßt.

Stunden verbringen wir damit, uns gegenseitig anzustarren. Ich habe keine Ahnung, was in ihm vorgeht. Er zeigt nicht das geringste Anzeichen von Interesse an dem, was ich tue. Ich schreibe ein wenig. Ich esse. Ich flicke einen Riß in meinem Mantel. Er starrt, aber er sieht nicht. Wenn ich ihn anfangs beim Waschen berührte, versuchte er, mich mit seinen scharfen Schneidezähnen zu beißen. Nun läßt er alles, was ich tue, mit einer Teilnahmslosigkeit über sich ergehen, die mich zu verwirren beginnt. Haben wir schon etwas in ihm abgetötet? Dieser Gedanke und die Vorstellung, er könnte sterben, peinigt und ängstigt mich. Mich überkommt plötzlich die Furcht, daß das, was wir zu uns holten, irgendein tierischer Teil von ihm ist, der eine Weile lang untergebracht, gefüttert und gefangengehalten werden kann, aber nur so lange bis er spürt, daß sein Geist schon entwichen ist, entschlüpft bei der ersten Berührung des jungen Mannes, der ihn einfing und festhielt; oder, schlimmer noch, daß er diesen Geist während jenes ersten langen Schlafs aus sich herausgeträumt hat.

Ich beobachte, wie er schläft. Seine Glieder zucken wie die eines Hundes, kleine unwillkürliche Krämpfe entlang der Innenseite seiner Schenkel.

Träumt er? Wenn ich nur die Gewißheit hätte, daß er träumt, dann wüßte ich, daß das, womit ich schließlich Verbindung aufnehmen muß, das, was ich langsam über die Stufenleiter des Seins aus ihm heraufholen muß, noch dort ist. Ich muß wissen, daß er träumen kann. Ich muß mich vergewissern, daß er lächeln, daß er weinen kann.

Aber ich habe ihn noch nicht einmal beschrieben.

Er ist ungefähr elf Jahre alt, groß, von kräftigem Bau, aber mager, seine Ellbogen- und Kniegelenke sind stark geschwollen und voller Schwielen. Arme und Beine sind von wunden Stellen bedeckt, auch von alten Narben, die als Verfärbungen der Haut auffallen, bräunlich unter der gelblichen Oberfläche. Die Beine sind leicht behaart, die Brust nackt, aber entlang der Wirbelsäule wächst eine Linie rötlichen, fuchsfarbenen Haares, und dieses Haar hat die Frauen so erschreckt und läßt sie davor zurückschaudern, ihn zu berühren, obwohl ihnen dieses Phänomen keineswegs fremd ist. Bei vielen kleinen Kindern hier, die nackt vor den Hüttentüren spielen oder im Sommer unter den Regenschauern herumhüpfen, habe ich diese Haarlinie bemerkt. Aber niemand schenkt ihr Beachtung. Nur bei diesem Jungen sehen die Frauen in ihr eine Art von Zeichen. Darin und in seinen Füßen. Zu allen Jahreszeiten und bei jedem Wetter ohne Schuhe, sind sie nun gespreizt und verhärtet, die Zehennägel sind abgewetzt, und aus den Fußsohlen sind feste Krusten von der Dicke eines irdenen Tellers geworden — und doch gehören sie ganz unverkennbar zu einem ganz normalen Paar menschlicher Füße. Das Gerücht, sein ganzer Körper sei behaart und er habe Hufe, das der Junge Lullo aus dem Dorf mitbringt, ist unsinnig.

Ich zog diesen Jungen heute abend ins Zimmer, ließ ihn das Kind betrachten, und dann sollte er mir sagen, was er sah. Aber sein Entsetzen war zu groß, um genau hinzusehen. Und obwohl er sah, was zu sehen ist, weiß ich, daß er nicht daran glaubt. Seine Vorstellung ist sehr viel mächtiger als die Tatsachen.

Ich weiß, was er denkt. Er glaubt, ich hätte, um ihn zu täuschen, die Hufe des Kindes in verkümmerte Füße verzaubert, oder aber ich hätte ihn selbst verhext.

Ich hatte gehofft, der Junge Lullo, der fast im gleichen Alter wie das Kind ist, würde vielleicht ein besonderes Interesse an ihm zeigen, sich von ihm angezogen fühlen. Aber nichts dergleichen. Er betrachtet das Kind mit Abscheu, so als hielte er es für einen Wechselbalg, der ihn verdrängen könnte. Vielleicht fürchtet er, das Kind könne ihm, während er schläft, seinen Geist stehlen. Diese Leute glauben fest an Schlafwandler und Seelendiebe. Haben sie den Verdacht — so wie auch ich allmählich —, daß das Kind seinen Geist verloren hat und, wie der Schamane, über die Kraft verfügt, aus seinem Körper hinauszutreten? Kann es womöglich, während wir es in seiner Ecke zusammengerollt schlafen sehen, seinen Körper verlassen und durch die Wände in das angrenzende Zimmer und in den Körper des Knaben Lullo eindringen, der sich gerade auf einer Traumreise in die Jagdgründe oder auf die andere Seite des Flusses befindet, wie kleine Jungen sie gewöhnlich unternehmen. Ich weiß, daß die alte Frau und die Mutter den Jungen Lullo in seiner Abneigung gegen das Kind bestärken und daß sie die Geduld des alten Mannes mißbilligen. Aber Ryzak, aus welchem Grund weiß ich nicht, unterstützt mich weiter in dieser Sache. Gegen die Frauen. Und gegen den Schamanen, der nur einmal kam, das Kind in Augenschein nahm und sich weigerte zu singen — auch dies ein Umstand, über den die Frauen munkeln und der sie gegen mich einnimmt. Der Schamane und die Frauen sind natürlich im Bunde.

So sitzen wir den ganzen Tag im Halbdunkel.

Allmählich gelingt es mir, in den Zügen des Kindes zu lesen. Aber kein einziges Mal haben wir wieder so miteinander gesprochen wie in den Birkenwäldern. Es ist, als sei der Teil in ihm, mit dem ich mich damals verständigte, nicht mehr vorhanden. Ich betrachte den Mund mit den kleinen, abgebrochenen Zähnen. Er hat eine Art, sie zu entblößen, indem er die Lippen zurückzieht, und scharf einzuatmen, als habe er Schmerzen. Aber ich bemerke, daß er dasselbe tut, wenn er sich erregt. Und in diesen Momenten offenbart sich die ganze merkwürdige Form seines Kopfes, die hohen Wangenknochen, das spitze Kinn, die Linien des Kiefers. Auch seine Augen betrachte ich. Sie sind ganz schwarz und liegen tief. Die Augenbrauen laufen schräg nach oben. Das Haar, das wir gewaschen und ein wenig geschnitten haben, ist tintenschwarz, glatt, eher rauh fühlt es sich an und überhaupt nicht seidig oder fein. Das mag an seiner Unterernährung liegen, vielleicht aber auch daran, daß sein Geist bedrückt oder gar nicht mehr da ist. Ich habe schon oft bemerkt, wie das Haar den Glanz oder die Stumpfheit des Geistes annimmt, vor allem bei Kranken. Trotz wiederholtem Waschen und Scheuern wirkt er alles andere als sauber. Als sei die Erde so tief in seine Haut eingedrungen, daß sein ganzer Körper deren Farbe angenommen hat. Wahrscheinlich ist es der Schmutz in den alten Wunden, der für das Erdbraun der Narben auf seinen Gliedern verantwortlich ist. Er ist überhaupt nicht schön. Das Kind meiner Vorstellung war schön. Aber ich bin voller Zärtlichkeit für den Jungen, voll ungeheuren

Mitleids und erfüllt von dem Wunsch, ihn zu einem klareren Körper zu befreien, ein Wunsch, der wie Wehenschmerz in meinem eigenen liegt.

Ich grübele unentwegt. Welche Schritte muß ich tun? Wo soll ich anfangen? Freundlichkeit brauche ich — und Zeit. Ich weiß es. Zuerst muß ich ihm unsere Freundlichkeit zeigen, ihm zeigen, von welcher Art wir sind; dann muß ich ihn überzeugen, daß wir beide der gleichen Art angehören. Nur so kann er erkennen, wer er ist.

Aber wir haben falsch angefangen. Er muß uns ja für grausam halten. Welches Tier hätte ihm das angetan? Welches Tier würde ihn zu Pferde in die Enge treiben, einfangen, zusammenschnüren und fortschleppen von allem, was ihm vertraut war? Dazu die Bosheit des Jungen Lullo, den ich nicht mehr zu ihm lassen werde. Und die Feindseligkeit der Frauen.

Am Ende werde ich alles allein tun müssen. Vorerst darf er nur mit mir Kontakt haben.

Eigenartig, ich denke an den Wolf in meinem Traum, der mein ganzes flüssig gewordenes Wesen in sich aufzusaugen drohte, und ich beginne mich zu fürchten.

Die Wochen verstreichen.

Ich verlasse den Raum jetzt nicht mehr, wenn die Frauen sein Essen bringen. Am Anfang war er auf der Hut, ob ich ihm nicht, wie zuvor, eine Falle stellte. Er schob sich vorsichtig zu der Schüssel, beschnupperte sie prüfend, nahm sie in beide Hände, und während er — langsamer als in den ersten Tagen — aß, beobachteten mich seine tiefschwarzen, damals rotunterlaufenen Augen über den Rand der Schüssel hinweg. Wenn er dann den letzten Rest Grütze mit den Fingern herausgekratzt hatte, rollte er die Schüssel über den Boden, rutschte zurück, hockte sich mit hochgezogenen Knien in seine Ecke und schien jede Bewegung von mir zu belauern. Jetzt ißt er, ohne Notiz von mir zu nehmen. Als ob ich nicht da wäre. Grunzt beim Essen.

Ich habe meinen Strohsack in das Zimmer geholt und schlafe in der Ecke ihm gegenüber. Auch daran hat er sich gewöhnt. Plötzlich spüre ich, daß ich wieder mit ihm in Kontakt gewesen bin, aber es ist mir unmöglich, mich daran zu erinnern, bei welcher Gelegenheit. Vielleicht, als ich ihn wusch? Jetzt, da er sich nicht mehr sträubt, habe ich das Gefühl, daß es für ihn nicht sein wirklicher Körper ist, den ich berühre. Oder war es bei einer zufälligen Begegnung unserer Blicke, wie sie sich ergeben, wenn der eine in das Blickfeld des andern tritt und wieder daraus verschwindet? Oder trieben wir im Schlaf in demselben flüssigen Medium, wie in einem Teich, durch den Raum, und bei der Begegnung unserer Träume flossen unsere Seelen an einem Punkt ineinander, den wir im Wachzustand nicht zu erkennen vermögen? Oder geschah es bei irgendeiner alltäglichen Verrichtung, durch irgendeinen Energiestrom, der — während ich schreibe, meine Feder in die Tinte tauche, meine Hand über das Pergament bewege oder während ich das Rasiermesser über mein Kinn ziehe — von mir ausgeht, sich an ihm bricht, so daß er es fühlt? Wer kann es wissen? Er winselt nicht mehr, hat aufgehört, sich auf den Knien vor- und zurückzuwiegen und dieses kleine Knurren ganz hinten aus seiner Kehle hervorzuholen. Er beobachtet. Ich beginne, zu glauben, daß irgend etwas — das ich wohl seinen Geist nennen muß — in ihm angesprochen wurde, sich allmählich aus ihm löst und durch den Raum bewegt. Ich fühle es. Endlich. Es ist da. Irgendein Prozeß des

Übersichhinausgreifens hat aus eigener Kraft begonnen.

Als ich ihn heute wusch, legte er seine Fingerspitzen mit einer Art ängstlicher Neugier auf meinen Handrücken; sie ertasteten die Beschaffenheit meiner Haut. Dann zog er die Hand schnell zurück, als fürchtete er, ich könnte etwas dagegen haben und ihn strafen. Seine Berührung verwirrt mich, ängstigt mich ein wenig. So, als ob sich im Dunkeln ein Tier nähert und mich mit seiner Zunge berührt. Hat er also begonnen, seine Sinne wie Fühler auszustrecken, um zu einer Vorstellung von sich zu gelangen? War es für ihn, als berührte er sein Bild in einem Spiegel? Hat er, so frage ich mich, irgendeine Vorstellung von seinem eigenen Körper, ahnt er, wie er aussieht, welche Dimensionen er besitzt, wie er seinen eigenen kleinen Teil des Universums verrückt? Muß er zuerst eine Vorstellung von seinem Körper gewinnen, um dann in Erfahrung bringen zu können, was er ist?

Etwas beginnt sich zu regen. Ich fühle es. Immer öfter, wenn ich mich zu einer Arbeit niederlasse, etwa um zu schreiben, spüre ich ein anderes Energiezentrum im Raum, das meine Gedanken verwirrt, das Strudel auslöst, die wie Lichtwellen zu mir fluten und sich am Rand meines Bewußtseins brechen. Der Raum ist nicht mehr allein von meinen Gefühlen und Gedanken angefüllt. Ich weiß, noch andere schwirren in der stillen feuchten Luft des späten Morgens, während ich schreibend am Tische sitze und der Junge mich, angespannt wie eine Feder, von seiner Ecke aus beobachtet. Ruhelosigkeit hat seinen Geist, seinen Körper ergriffen, die erste Regung eines neuen Lebens in ihm.

Schließlich ist er ein Kind. Er muß sich betätigen, er braucht Raum, seinen Körper in Bewegungen auszudrücken, und sein Geist muß sich hervorwagen, die Dinge zu berühren und zu untersuchen.

Jetzt ist er fast zwei Wochen hier. Nach jenen ersten drei Tagen, in denen er schlief und seine Seele versuchte, sich in die Erde zu graben, und den folgenden Tagen, die er in einer Art Halbschlaf verbrachte, wacht er nun allmählich auf. Neugier, die ersten Anzeichen kindlichen Entdeckungsgeistes scheinen sich in ihm zu regen. Gestern, als ich einmal kurz aus dem Raum gegangen war, muß er meine Schreibutensilien berührt haben. Die Tinte war verschüttet. Ich wischte sie auf, gab mir Mühe, ihn nicht spüren zu lassen, daß ich wußte, daß er sich an meinen Sachen zu schaffen gemacht hatte. Ich fülle das Tintenfaß auf, alles an meinem Platz ist in Unordnung. Als ich dann seine blaue Zunge sehe, muß ich fast lachen.

Heute, nachdem ich wieder hinausgegangen war, blieb ich hinter dem Türrahmen stehen und beobachtete ihn.

Er schlurft über den Boden zu der Pergamentrolle und starrt sie an, stößt mit dem Zeigefinger dagegen, dann senkt er den Kopf und beschnuppert sie. Wie muß es ihn verwirren, daß die Rolle immer noch nach Tierhaut riecht! Wieder fasziniert ihn die Tinte. Er beschnuppert auch sie, achtet aber darauf, nichts zu verschütten. Er nimmt die Feder in seine Hand. Er hat mich so gut beobachtet, daß er sie unbeholfen, aber richtig, zwischen Daumen und Zeigefinger klemmt. Er scheint zufrieden mit sich zu sein. Er taucht die Feder in die Tinte, findet es offensichtlich äußerst schwierig, den unsicher zwischen seinen Fingern schwankenden

Kiel in die Öffnung zu führen. Er beugt sich über das Tintenfaß, in seinem Gesicht ein Ausdruck äußerster Konzentration, wie man ihn bei ganz kleinen Kindern sieht, die zum ersten Mal versuchen, zu malen, den Strich eines Buchstabens zu ziehen oder eine Nadel einzufädeln: die Augen starr, die herausgeschobene Zunge folgt jeder Geste der Hand mit einer eigenen Bewegung, so als gehöre auch sie zu den Gliedmaßen, mit denen wir Menschen in die Welt hinausstoßen, um sie zu bewegen und zu verändern. Vielleicht ist das der Anfang von Sprache: diese Bewegung der Zunge zwischen den Mundwinkeln, ihre Begierde, wie eine Hand nach den Objekten zu fassen, sie mitzubewegen, zu formen und neu zu erschaffen.

Während ich das Kind von der Tür aus bei diesen ersten Versuchen, die Gegenstände seiner neuen Welt zu erforschen, beobachte, füllen sich meine Augen mit Tränen. — Immer wenn irgendwo auf der Welt ein menschliches Wesen langsam zu seiner Art hingeführt wird — zu all den Dingen, die wir in uns und außerhalb von uns entdeckt und geschaffen haben, fühlen wir uns auf diese Weise gerührt; bei der ersten Anstrengung des Kindes, sich aufzurichten, diesen einen Schritt voranzugehen. Ihn sich vorzustellen, zu träumen und die Gliedmaßen dafür zu finden, dafür haben unsere Vorfahren Jahrhunderte gebraucht. Oder beim ersten unsicheren Aufeinanderlegen zweier Klötze, um einen Turm zu bauen, den Anfang einer Stadt. Alle diese Zeitalter unendlich langsamen Entdeckens. Das Kind durchlebt sie in wenigen Monaten. Es schöpft aus einer Erfahrung, die nicht seine eigene sein kann, die aber in ihm schlummert — unter seinem Leben, in der Erfahrung tausender Menschen, die längst tot sind, deren

Wissen das Kind irgendwie mit sich auf die Welt gebracht hat. Und um wieviel bewegender noch ist es zu sehen, wie mein Kind nach so vielen Jahren des Exils die Entdeckungen macht, die es zu seinem Erbe führen werden, in die Gesellschaft seiner eigenen Art.

Seit einigen Tagen habe ich aufgehört, seine Hände zu binden, heute morgen endlich löse ich all seine Fesseln. Sie sind nicht mehr notwendig. Unsichtbare Fäden sind es, die ihn nun an uns, an sein neues Leben, binden. Er muß es spüren, dieses Gespinst von Gefühlen im Raum, das Gewebe neuer Fäden, das ihn jetzt mit uns verknüpft, an dem seine Neugier entlangreisen muß, um zu entdecken, welchen Sinn all die Gegenstände, die ihn umgeben, für ihn haben, wie sie ihn definieren und ihn lehren, seinen Körper zu gebrauchen, und wie er mit uns verbunden ist, mit der Schüssel, der Wasserkelle, dem Schwamm, mit dem ich ihn wasche — und den er manchmal schon selbst benutzt — mit dem Tintenfaß, der Feder und dem Pergament, dem bunten Ball, den ich beiläufig an einen Ort legte, wo er ihn sehen muß, und von dem er, da ich ihn nie berühre, sicherlich schon weiß, daß er ihm gehört. Ich spüre, wie sich sein Geist zu all diesen Dingen hinbewegt. Ich spüre, selbst im Dunkeln, das unsichtbare Zucken der Fäden.

In den langen Stunden, die ich mit dem Kind in diesem einen Raum verbringe und beobachte, wie es langsam aus sich hervorkommt, in denen ich versuche, mich in es hineinzuversetzen, um einen Weg zu finden, auf dem ich es in seine verlorene Kindheit führen kann, passiert es mir immer häufiger, daß ich in meine eigene Kindheit zurückkehre, denn auch mir ist sie verloren gegangen

— durch Vergessen, oder weil ich sie beiseite schob. Ich falle in irgendeinen zeitlosen Ort in mir zurück, an dem die Vergangenheit in ihrer ganzen Fülle wiederauflebt — oder auch neu geschieht. Ich bin wieder dort. Ich nehme Verbindung mit einem so überraschenden Selbst auf, daß ich kaum glauben kann, dies sei ich. Ich begegne Gefühlen, die ich nicht als meine eigenen erkennen würde, wären sie nicht von einer Intensität, wie sie nur der Erinnerung an das Selbsterlebte anhaften kann. Keine Vorstellungskraft könnte etwas so eindringlich Wirkliches vor Geist und Sinne rufen.

Natürlich lassen alle Menschen ihre Kindheit hinter sich, um erwachsen zu werden. Aber ich glaube, ich habe sie weiter zurückgelassen als andere Menschen. Die Einfachheit jener frühen Jahre in Sulmo paßte so schlecht zu meiner neuen Rolle als umtriebiger Städter, als raffinierter Großstadtdichter, daß der Versuch, beides in Einklang zu bringen mich nur geängstigt und mit Widerwillen erfüllt hätte. Aus diesem Grund wich ich auch meinem Vater aus, der immer noch von mir enttäuscht war — trotz meines literarischen Ruhms, der eigentlich hätte ausreichen müssen, ihn damit zu versöhnen, daß ich kein Mann mit hohen öffentlichen Ämtern wurde. Er heiratete wieder und gründete eine neue Familie, was es mir noch mehr erleichterte, mich von ihm fernzuhalten. Nachdem meine zweite Ehe zu Ende war, lebte ich so, als wäre ich mit dem ersten Gedichtband in Händen auf die Welt gekommen, als fertiger Dichter, aufgestiegen aus dem Nichts, als Geschöpf meiner eigenen frechen Ansichten, ohne Familie, ohne Stamm, ohne Land, ohne irgendeine Vergangenheit hinter mir.

Und jetzt kommt alles zu mir zurück.

Besonders bestimmte Abende meiner frühesten Kindheit und mit ihnen Gefühle einer unermeßlichen Zärtlichkeit, die ich schon so lange nicht mehr verspürt habe, daß ich sie schon fast ganz vergessen hatte. Mein Bruder und ich werden den Frauen des Hofs, unseren Dienstmägden, übergeben, damit sie uns waschen und in Nachtgewänder hüllen — zusammen mit ihren eigenen Kindern, Jungen und Mädchen, so alt wie wir und damals (wir hatten noch nicht gelernt, sie als Sklaven zu betrachten) unsere Spielgefährten auf dem Hof, in den Olivenhainen und den dahinterliegenden Obstgärten.

Unter den Balken der großen steingefliesten Küche stehen Zuber mit warmem Wasser und Seifenlauge. Wir Kinder, vielleicht ein Dutzend oder mehr, bespritzen uns oder planschen in den Lachen auf dem Boden. Wir schreien und rennen fort, sowie eine der Frauen sich uns nähert, eines der großen, flauschigen Tücher bereits in der Hand, und nach uns schnappt. Es ist für mich ein Bild goldener Schönheit und Reinheit. Es ist, als würde mein Kopf wieder rein und klar bei dem Gedanken an die sauberen, nackten Körper, die weißen Handtücher, an die Frauen, die lachen und ihre nackten, nassen Arme ausstrecken.

In der Erntezeit dürfen wir draußen in einer der Katen bei unserer Amme schlafen. Meine Mutter, die sich nicht wohlfühlt und deren Kopf vom Heuschnupfen schmerzt, hat sich in ihr Zimmer zurückgezogen und verläßt es nie. Mein Vater geht jeden Morgen mit den Schnittern hinaus. Wenn die Felder weit entfernt auf der anderen Seite des Tals liegen, übernachtet er dort mit den Arbeitern. Wir schlafen zusammen mit den Kindern der Amme, liegen wach auf riesigen Strohmatratzen hinter der Küche, während uns die Frauen

Geschichten von Waldgeistern und Dämonen erzählen, die älter sind als unsere römischen Götter und die in allen möglichen Ecken des Hauses und der Scheune wohnen und mit Klumpen von Teig (weswegen sie in der Gestalt von Mäusen erscheinen) oder mit Kräutern, die nur die ältesten und weisesten Frauen zu sammeln wissen, bei Laune gehalten werden müssen.

Es ist eine Frauenwelt, die ich nie wieder betreten werde. Sie riecht nach Seifenlauge und Teig, nach Quarkspeisen, nach der rohen Wolle, die ich die älteren Frauen in der Sonne über einer der Terrassenmauern habe kämmen sehen — die Felder dahinter glänzen wie Flügel. Früh morgens, noch ehe es ganz hell ist, gehen wir alle, Frauen und Kinder, hinaus zu den bewässerten Wiesen, um große orangegelbe Pilze zu sammeln. Ich beobachte, wie die Frauen, die barfuß sind, ihre Röcke im Tau hochheben, sich hinhocken, um zu pissen, die Köpfe unter den Tragekörben hochgereckt, und später auf dem Heimweg über die Stoppelfelder, sehe ich empört zu, wie sie anhalten, um den scharlachrot bemalten Priapusfiguren, die als Vogelscheuchen mitten in den Weizenfeldern aufgestellt sind, mit spöttischen Verbeugungen zu huldigen. Wenn wir wieder im Hof sind, müssen die Eier unter den Hennen in den Holzställen eingesammelt, die Schweine gefüttert und die Getreidekörner durch die aus Weiden geflochtenen Siebe gerüttelt werden. In der Kühle der Küche, spät am Nachmittag, backen die Frauen die Hirsekuchen, die sie mit Strohhalmen spicken, zum Aufsaugen des Honigs. Und dann, wenn es dunkel geworden ist, kommt das Baden.

Ich sehe wieder, wie eines der Mädchen, den Rock über die nackten Beine hochgezogen, die Arme vor

Nässe glänzend, meinen Bruder am Schwanz herumzieht wie eine Gans, während die Frauen lachend die Köpfe zurückwerfen und die Kinder in die Hände klatschen und Seifenlauge verspritzen. Plötzlich, fast fünfzig Jahre nach dem Ereignis, wird mir klar, daß dies das Mädchen sein muß, mit dem mein Vater schläft. Ich sehe, wie sie meinen Bruder, den kleinen Erben dieser ganzen Welt, durch die Lachen über den Steinboden zieht, wie die Frauen ihre Zahnlücken entblößen, die Arme in die Hüften stemmen und lachen. Es ist eine Vision von höchster Glückseligkeit, ich stehe mitten darin und erahne, zum letzten Mal vielleicht, ein wenig von ihrem Geheimnis.

Es ist eine andere Welt. Wie eigenartig, daß ich mich für kurze Momente dort wiederfinde, wissend, daß ich all das, was sich mir damals enthüllte — was immer es gewesen sein mag — nicht beachtete, sondern einen anderen Weg ging, die Männerwelt betrat, die Stadt, den Staat, so wie auch mein Bruder einen anderen Weg ging — in den Tod.

Aber noch eigenartiger ist, daß diese Welt trotz allem noch vorhanden ist, unberührt, unerinnert, aber noch frisch und glänzend — so wirklich, daß ich das Badewasser und unsere jungen Körper noch riechen kann.

In diesen stillen Stunden denke ich auch an den Tod meines Bruders während der Parilia, unmittelbar nach unseren Geburtstagen, die auf den gleichen Tag fallen.

Wir haben uns immer sehr nahegestanden, obwohl wir von so unterschiedlichem Temperament sind — er ernsthaft, erfüllt von einem tiefen Gefühl der Treue zu den Dingen, zu meinem Vater, zu unserem Gehöft, von dem er jeden Grenzstein kennt, zur Familie, die so eng mit dem Land hier, dem alten Stammesland der Peligni, verbunden ist. Er ist von einer tiefen Frömmigkeit, die ich in gewisser Weise respektiere und um die ich ihn beneide. Aber da ich schon so früh in die Rolle des Leichtfertigen geschlüpft bin, tue ich, was man von mir erwartet, und verspotte ihn.

Seit Tagen ist er krank und kann nicht sprechen. Er ist gerade achtzehn. In einem abgelegenen Zimmer sitze ich an seinem Bett. Schweißtropfen bedecken sein Gesicht, in diesem Augenblick wird er von kalten Schauern geschüttelt, im nächsten glüht er vor Fieber. Ich lese ihm ein wenig vor, aber er kann nicht zuhören. Ich führe Wasser an seine Lippen und fühle, wie meine Hand zittert, während er trinkt. Ich weine und schäme mich meiner Tränen. Am Tag der Parilia, als die Dämmerung hereinbricht gehe ich schweren Herzens hinaus, um die Pflicht zu tun, die seine ist — für ihn, auf die gleiche Weise, wie er es tun würde. Und während ich über den Hof gehe, die Blicke der Frauen auf mir fühle und hinaus auf die Felder trete, wo die kleinen Feuer bereits im Dunkel flackern, weiß ich: wenn ich mir auch nur einen Moment lang gestatte, an die Zeremonie, die jetzt beginnt, zu glauben — so wie er daran glaubt —, dann werde ich ihn verdrängen, denn ich würde den Göttern (die nicht existieren) versichern, daß ich gekommen bin, um seinen Platz einzunehmen.

Durch gelbes Gras wate ich den Hügel hinauf, mache mein Herz hart, obwohl ich dieses Fest doch immer geliebt habe — seit jenem ersten Mal, als mich mein Vater auf seinen Schultern hinaustrug, um zuzusehen, wie die Feuer entzündet werden und wie die Schatten der Männer über das Feld huschen.

Auch ich kenne all die Grenzsteine unserer Ländereien, aber mir bedeuten sie etwas anderes. Für mich markieren sie den Anfang der Welt. Hinter ihnen liegt Rom und die ganze Welt, über die wir Römer herrschen. Das Geheimnis beginnt jenseits der Grenzsteine. Mein Geist wagt sich über sie hinaus, berührt die von der Zeit abgeschliffenen Findlingsblöcke, damit sie mir Glück bringen, wandert hinaus in das Dunkel, das Unbekannte, und bevölkert es mit Gestalten, die er erfinden muß, da sie sich ihm nicht zeigen. Für meinen Bruder ist unser Gehöft die Welt. Die Grenzsteine unserer Ländereien umreißen sein eigenes Selbst, das ganz eins ist mit unseren von Geröll gereinigten, terrassenförmig angelegten Feldern, den uralten Olivenbäumen mit ihren knorrigen Stämmen, in deren Astlöchern man sich, so wie es die Waldgeister tun, verstecken kann, den Weinbergen, Bienenstöcken und Kornhängen, die unter dem Mond wogen. Durch dies alles gehe ich hindurch, spüre, wie die Gräser um meine nackten Beine streichen, und erreiche das Feld, wo mein Vater auf mich wartet.

Er hat sein Ritual bereits vollzogen und trocknet seinen Körper mit einem Tuch. Ich küsse ihn, lasse mir von einem Sklaven den Umhang abnehmen. Ich trinke aus dem Eimer mit Milch. Nehme eine Bohnenstange in die Hand und etwas von der Asche des Kalbes. Mein Vater taucht einen Lorbeerzweig in Wasser und besprenkelt mich damit. Er weint. Meine Brust, meine Brauen. Ich blinzele unter dem Schauer kleiner Tropfen.

Eine lange Reihe von Strohhaufen ist auf dem Feld entzündet, über die ich jetzt springen soll. Und während ich loslaufe, über den ersten hinwegfliege, die Luft in meine Lungen sauge, spüre ich, wie ich gereinigt werde, eingehe in das Geflecht der Dinge — das rauchende Stroh, das dämmrige Zwielicht, Nachtschwalben, die zwischen den Pinien nach Insekten jagen, die federnden jungen Pflanzen unter mir. Und in diesem Moment weiß ich, daß es geschehen ist: ich habe ein Körnchen Glauben an all dies in meiner Seele sprießen lassen und ihn getötet. Mein Bruder ist tot. Ich fühle es an der Müdigkeit meiner Gliedmaßen, an meiner Atemlosigkeit, als der Lauf vorüber ist, während ich mich, die Hände in die Hüften gestützt, nach vorn beuge und nach Luft schnappe. Ich fühle es voller Schuldbewußtsein an dem Glühen, das meinen Körper nach der Anstrengung durchzieht. Es war der Todeslauf für meinen Bruder. Als die Männer mich wieder mit dem Lorbeerzweig besprenkeln und ich im tiefer werdenden Dunkel über die Felder zurückgehe, der Abendwind meinen Schweiß trocknet, weiß ich, wozu ich zurückkehre. Vor den Mauern unseres Gehöfts halte ich an und lausche. Aus dem Haus dringen Stimmen, die ersten Wehklagen der Frauen. Ich sitze am Rande des Feldes und binde meine Sandalen auf, bestreiche meine Schultern, meine Arme, meine Haare mit Erde und ahne dunkel, warum ich es tue. Ich versuche, die Reinigung, die doch ihm gebührte, auszulöschen. Ich sühne den kurzen Moment, in dem ich glaubte.

Diese Dinge geschehen in der Tiefe unseres Lebens. Wir sprechen nicht über sie. Wir verstecken sie sogar vor uns selbst, aber sie bleiben in uns. Wir mögen die Erde verhöhnen, aus der wir gekommen sind, aber sie hört nicht auf, uns zu bedecken. Wir kriechen zurück zu ihr, zu ihrer Schwere auf unseren Gliedern, ihrem Knirschen in unseren Mündern. In jener Nacht tötete ich etwas in mir ab und versuchte, es mit Erde zu bedecken. Nun schreit es wieder aus mir heraus. Und plötzlich wünsche ich mir, ich könnte nach all diesen Jahren der Entfremdung noch einmal mit meinem Vater sprechen, ihm sagen, daß ich meinen Weg zu dem Land, das ich nie wieder sehen werde und in dem ich zu Hause bin, zurückfand. Endlich habe ich die Ansprüche dieses Landes auf mich angenommen. Ich weiß, wo ich geboren bin.

Und das erinnert mich, wie immer, an das Kind. Aus welchem Land kommt es? Wer sind seine Eltern? In welchem Augenblick ging er in die Welt hinaus? Unter welchem Sternzeichen, unter welchem Planeten im Aszendenten, welchen Ephemeriden des Mondes? Wenn er diese Dinge nicht weiß, kann er dann jemals wissen, wer er ist, was sein Schicksal sein wird?

Oder macht es ihn frei, nicht zu wissen?

Jeden Morgen gehen wir, der Junge und ich, nun hinaus, um unsere Lektionen im Freien zu üben, wo uns der Knabe Lullo und die Frauen des Hauses nicht hören können.

Er trägt den bunten Ball mit sich herum. Er ist sein Talisman geworden, sein erster Besitz hier bei uns; er läßt ihn nie los. Im Schlaf rollt er sich um ihn herum. Beim Essen, zu dem er sich mit überkreuzten Beinen hinhockt, die Schüssel auf dem Schoß, klemmt er ihn in seine Kniekehlen. Seit kurzem benutzt er, noch sehr mühsam, den Holzlöffel, so wie ich es ihm gezeigt habe. Wenn wir im Freien herumwandern, trägt er den Ball in der linken Hand.

Ich meide die Orte, wo wir auf die Leute aus dem Dorf treffen könnten: Frauen, die ihre Kleider auf den

Steinen klopfen oder sie in den Dornbüschen zum Trocknen aufhängen; Männer, die ihre Ochsenpflüge zu den schmalen Feldern am Rande der Einpfählung führen, wo unsere magere Ausbeute von Hafer wächst. Auch den kleinen Hain im Westen meide ich, der den Frauen heilig ist und wo sie bei bestimmten Mondphasen Hekate ein Opfer aus den Eingeweiden eines Hundes darbringen.

So bleibt uns nur das sumpfige Land beim Fluß.

Ich ziehe meine Sandalen aus (der Junge geht barfuß, ist nackt, bis auf den losen Umhang, den er, sowie wir außer Sichtweite des Dorfes sind, herunterreißt). Wir waten durch die Binsen auf eine mit Gestrüpp und ein wenig wildem Hafer bewachsene Insel zu; und dort — inmitten der Sumpfvögel, die unsichtbar um uns herum krächzen und rufen oder mit schweren Flügeln in den wässrigen Himmel aufsteigen, im Kreis der geschwätzigen Frösche — beginnen wir jeden Morgen.

Ich lehre ihn sprechen.

Es ist ein schwieriger Prozeß. Gleich zu Anfang unserer gemeinsamen Ausflüge habe ich bemerkt, daß er jeden Vogel, jedes Tier, das unseren Weg kreuzt, nachahmen kann. Und es bereitet ihm Freude, mir vorzumachen, daß er wie die großen Habichte, die wir gelegentlich hoch oben unter den Wolken gleiten sehen, pfeifen oder seine Stimme *pik pik* gegen den Stamm eines Baums werfen kann, so wie die Spechte meiner Kindheit, die geheiligten Geister unserer Haine bei Sulmo. Er steht mit gespreizten Beinen vor mir, die Hände auf den Hüften, den Kopf zum Licht emporgereckt. Seine Lippen verziehen sich, seine Züge streben danach, der Vogel zu werden, den er gerade nachahmt, Schnabel, Schopf und Kehllappen zu werden, während er aus seinem Körper die Stimme des Tieres hervorholt. Und während er in das geheimnisvolle Leben dieser Sprache eindringt, wird er einen Augenblick lang selbst zu jenem Geschöpf, so daß er in meinen Augen wundersam verwandelt erscheint.

Manchmal benutzt er seine Hände wie ein Instrument: ballt sie zu Fäusten, flattert mit den Fingern, bläst in sie hinein und produziert ein Trillern und Flöten. Ein ander Mal fließen die Töne einfach aus ihm heraus — hoch und klar oder rauh und dumpf, tief unten aus seiner Kehle. Zuweilen entschlüpft seinem Körper ein so metallisch schriller Laut, daß ich zusammenschrecke. Es ist, als ob alle Vogelarten, die Erdtauben, die Krähen, die Wattvögel und die hochfliegenden Zugvögel, die wer weiß welche Horizonte gesehen haben, in ihm lebten und er sie mit seinem Atem durch die Lippen hinauspressen könnte; als hätte er einen geheimen Zugang zu ihrem mysteriösen Kommen und Gehen im Gestrüpp, als sei er mit ihnen auf dem Grund des Flusses gewesen, wo die Wasservögel nach Beute tauchen, oder als schwinge er sich mit ihnen in jene luftigen Höhen, wohin keine Vorstellung ihnen zu folgen vermag, wo kein Ohr vernehmen kann, wie sich ihre Rufe an der Schwelle zum Sternhimmel deuten lassen.

Während ich beobachte, wie er all diese Laute nachahmt, dazu auch die Stimmen von Frosch, Zikade, Kaninchen, das tiefe Knurren und furchterregende Bellen der Wölfe, fällt mir endlich ein, wie ich ihn sprechen lehren könnte.

Bei jeder Tierstimme, die er nachahmt, verziehen sich seine Gesichtszüge auf andere Weise. Müßte er immer in der Sprache der Habichte oder Wölfe sprechen, so würden die Muskeln seiner Kehle und seines Kiefers wahrscheinlich eine Form annehmen, die diesen Lauten entspräche. Denn die Gestalt der Tiere, und die Laute, die sie hervorbringen, sind eins. Also muß er zuerst seine menschlichen Sprachorgane entdecken, ihre physische Beschaffenheit, damit er die menschliche Sprache lernen kann. Wenn es mir gelingt, seine Aufmerksamkeit darauf zu lenken, dann wird er sie auch benutzen können.

Während ich ihm also die Laute vormache, die er nachahmen soll, die er aber nur schwer auf seine Lippen bringt, lege ich seine Hand an meine Kehle, so daß er das Vibrieren und Summen meiner Stimme mit den Fingern hören kann. Ich lege seine Fingerspitzen auf meine Lippen, so daß er ihre Form und den Atemstrom spüren kann. Allmählich, Laut für Laut, entdecken wir die menschliche Sprache in ihm. Es ist ein Spiel, das ihn entzückt. Mit kindlichem Eifer will er mir zeigen, daß er mich genau so gut wie die Tiere nachahmen kann. Angestrengt lauschend, die Fingerspitzen auf meinen Lippen, ertastet er die Form seiner eigenen Lippen. Und der Laut, der über sie kommt, ist fast vollkommen. Er nimmt seine Hände von meiner Kehle und legt sie auf seine, lacht heraus, wenn er dort endlich dasselbe Summen fühlt und denselben Laut hört. Zuerst erstaunt, als wüßte er nicht, wo es herkommt, dann jubilierend. Immer wieder bringt er denselben Laut hervor, nur unterbrochen von kleinen Freudenschreien.

Ich beginne ihn zu verstehen. Wenn er die Vögel nachahmt, dann macht er nicht, wie unsere Mimen, etwas nach, das außerhalb von ihm ist; er bringt dabei nicht die Genauigkeit seines Gehörs und die Virtuosität seiner Sprechorgane zur Geltung, sondern: er *ist* der Vogel. Er läßt ihn aus sich sprechen. Indem er also lernt, wie die Menschen zu sprechen, wird er zum Menschen. Sprache ist die Grundvoraussetzung. Ich bin gleich am Anfang auf das eine gestoßen, das ihm offenbaren wird, welcher Art er angehört. Indem er diese summenden Laute macht, entdeckt er seine Kehle; indem er sie durch seine Nasenlöcher intoniert, entdeckt er, daß er eine Nase hat, und dahinter Höhlen, aus denen die Töne widerhallen. Und genauso bei den Lippen, der Zunge, den Zähnen. Während wir zusammen die ganze Skala der Laute aufbauen, entsteht in seinem Kopf der Begriff Kopf. Und während er mit den Fingerspitzen, die erst meine Kehle, meine Kiefer, meine Lippen berühren und dann seine, kommt er zu der Gewißheit, daß er so geschaffen ist wie ich, daß er ein Mensch ist.

Aber was für eine Art von Kopf bringt seine Vorstellungskraft hervor?

Zu welcher Vorstellung seiner selbst soll ich ihn letztlich führen?

Und wenn das ganze Repertoire der Laute schließlich aufgebaut ist, welche Sprache soll ich ihn dann lehren?

Unterdessen beschäftigen wir uns mit Geschicklichkeitsübungen. Ich zeige ihm, wie man den Ball wirft und auffängt. Es fällt ihm leicht, wie alles, wo es auf körperliches Geschick ankommt. Und bald schon spielt er mir kleine Streiche, denn er hat schnell gemerkt, daß weder meine Augen noch meine Hände und Füße so schnell und geschickt sind wie seine. Ich mache ihm vor, wie man einen Speer wirft, eine Nadel einfädelt und wozu man sie benutzt. Er versucht von sich aus, den Federkiel zu halten und Striche zu ziehen. Am verwunderlichsten ist jedoch: er hat lächeln gelernt. Ich meine nicht sein Lachen als Reaktion auf irgendeine

Ungeschicklichkeit von mir, wenn ich z.B. täppisch hinter dem Ball herstolpere, sondern etwas, das aus einer Welt in seinem Innern stammt — ein plötzliches Aufleuchten in seiner Seele, das weder einen Zweck noch eine Ursache hat: das menschliche Lächeln. Auf unseren Spaziergängen nimmt er zuweilen die Rolle des Lehrers an, weist mich auf Spuren im Gras hin und erklärt mir mit Zeichen und Gesten oder mit nachgeahmten Lauten, von welchem Vogel oder Tier sie stammen. Wenn wir unter der Modererde eines Baumstammes eine Larve oder eine Puppe finden, erläutert er mir mit seinen Händen, wie sie sich zum Falter verwandeln: in einer Art Tanz führt er mir die Verwandlung vor.

Diese ganze Welt ist für ihn lebendig. Sie ist die Sphäre, in der er Bescheid weiß, eine Art Bibliothek der Formen, die er beobachtet und im Gedächtnis bewahrt hat, eine andere Sprache, deren Hieroglyphen er verstehen und entziffern kann. Es ist sein Bewußtsein, durch das er mich auf unseren Wanderungen führt. Es flackert überall um uns auf; es ist der Morast des Flusses, die Grasnarben, die Baumstämme, die Zweige; es ist bevölkert von tausendfältigen Formen, die um uns murmeln und singen und rascheln und summen. Für seinen Geist müssen sie sein wie für mich die Gedichte, die ich seit den Kindertagen in meinem Gedächtnis bewahre — neben den Namen von tausend Göttern und ihren Fabeln, den Regeln der Rhetorik, den Theoremen, den Tatsachen der Naturwissenschaft, den Tatsachen der Geschichte, den Theorien der Philosophen. Nur sein Bewußtsein ist eine sichtbare und greifbare Welt mit Wettern und Jahreszeiten, Zyklen des Kommens und Vergehens. Er führt mich in sein Bewußtsein. Ich spüre es unter meinen Füßen, überall um mich herum. Wie kann ich ihn je in das meine führen?

Ich bin zu einem Entschluß gekommen. Ich werde das Kind nicht meine eigene Sprache lehren — nicht die lateinische, sondern die der Menschen, unter die ich hier geraten bin. Ich weiß, daß ich mit dieser Entscheidung zugleich eine andere getroffen habe. Ich werde nie mehr nach Rom zurückkehren.

Gewiß werde ich weiter an meine Frau und an meinen Anwalt schreiben. Ich werde mich sogar weiterhin an Augustus wenden und ihn bitten, mir meine Verbrechen zu vergeben und mich zurückzurufen. Denn in der einen Hälfte meines zweigeteilten Lebens erwartet man das von mir, es gehört zu dem Drama, in dem ich bis zum Ende mitspielen muß. Aber in der anderen Hälfte meines Lebens weiß ich, daß ich nicht gehen würde, wenn der Brief käme, der mich zurückruft. In diesen letzten Wochen ist mir mehr und mehr klar geworden, daß dieser Ort die wahre Bestimmung ist, nach der ich gesucht habe, und daß mein Leben hier, wie beschwerlich es auch sein mag, mein wahres Schicksal ist, das Schicksal, dem ich ein Leben lang zu entfliehen suchte und dessen Botschaft, wenn sie uns endlich erreicht, wir kaum verstehen: *Hier ist das Leben, das du wegzuwerfen versuchtest. Hier ist deine zweite Chance. Hier ist die Bestimmung, die du abzuschütteln versuchtest, indem du Hunderte von falschen Rollen für dich erfandest. Zuerst wird es dir wie eine Katastrophe erscheinen, aber in ihr verbirgt sich wahres Glück, denn auch das Schicksal versteht es, in hundertfältige Gestalten zu schlüpfen, um dir auf deinen Fluchten zu folgen. Nun wirst du endlich der, der du sein wolltest.*

So gestehe ich mir endlich ein, was ich in meinem Herzen seit langem wußte. Ich gehöre hierher. Ich habe diesen Ort zu meinem gemacht. Ich betrete die Dimensionen meines Selbst.

Wie es geschah, ist mir ein Rätsel. Vielleicht begann alles im Traum. Irgendein anderes Wesen, das wir aus unserem Bewußtsein vertrieben haben und dessen Gedanken wir nie über unsere Lippen kommen ließen, regt sich und beginnt auf seine eigene Art in uns zu handeln. Die ganze Fülle eines verborgenen Lebens flutet zurück in unser Bewußtsein. Auf diese Weise fand ich meine Kindheit wieder. Anders als in meinen früheren Erinnerungen tritt sie mir nun in einer viel klareren Gestalt gegenüber, so wie sie wirklich gewesen ist; daher kommt es, daß mich meine Vergangenheit, so wie ich mich jetzt an sie erinnere, fortwährend in Erstaunen versetzt. Es ist, als wäre sie einem anderen widerfahren, als wäre mir eine neue Vergangenheit gegeben worden, die mich, während ich ihr folge, in eine Gegenwart führt, in der ich als neues und anderes Selbst neben meinem alten Körper stehe.

Dasselbe geschieht, wenn ich das Kind unterrichte. Wenn ich versuche, ihm mein Wissen zu vermitteln, entdecke ich plötzlich, daß ich ihm etwas erkläre, das ich bis zu diesem Moment selbst nicht wußte. Zuweilen bin ich davon überzeugt, daß *er* der Lehrer ist, daß *er* all das Neue, das ich entdecke, langsam und mühevoll aus mir hervorholt.

Wir, der Junge und ich, bewegen uns in entgegengesetzten Richtungen, aber auf demselben Pfad. Er hat seine individuelle Seele aus dem Universum, das ihn umgibt, noch nicht ergriffen. Sein Selbst ist außerhalb von ihm, seine Kraft ist verteilt auf die Tiere und Vögel, deren Leben er teilt, — und auf Blätter, Wasser, Gräser Wolken, Donner— in deren Dasein er sich heimisch fühlen kann, weil jedem einzelnen von ihnen ein Teilchen seines Geistes innewohnt. Er hat keinen Begriff vom Anderssein der Dinge.

Ich versuche, in seine Vorstellung der Welt, seine Vorstellung von mir, vorzudringen. Aber es gelingt mir nicht. Mein Geist kann ihn nicht umfassen. Ich versuche, den Himmel mit all seinen Sternbildern, Hund, Bär, Drache, als Erweiterung meines Selbst, als Teile meines zukünftigen Seins zu begreifen. Aber weil ich weiß, daß es der Himmel ist, daß die Sterne Namen und eine Geschichte haben, kann ich nicht Himmel werden. Es regnet, und ich sage, *es regnet*. Es donnert, und ich sage, *es donnert*. Das Kind ist ganz anders. Ich versuche so zu denken wie es: *Ich regne, ich donnere*. Aber der Versuch, meine individuelle Seele loszulassen, sie ganz und gar abzuschütteln, erfüllt mich mit Schrecken, es ist, als würde ich mich dort draußen in der Vielfalt der Dinge verlieren und könnte nie mehr zurückkehren.

Aber ich weiß jetzt, daß dies der Weg ist. Langsam nähere ich mich der endgültigen Metamorphose. Ich muß mein altes Selbst vertreiben und das Universum einlassen. Die Kreaturen werden wieder zu mir kommen — nicht als verwandelte Götter, sondern als sie selbst. Geschnäbelt, bepelzt, mit Reißzähnen, Klauen, Hufen und Schnauzen werden sie sich in uns niederlassen, ihr altes Leben in der Tiefe unseres Bewußtseins wieder aufnehmen. Und nach ihnen die Pflanzen. Und auch die Seen, die Flüsse, die Ozeane der Erde, ihre Ebenen, ihre bewaldeten Erhebungen mit ihren verschneiten Abhängen nehmen wir wieder in uns auf; und zuletzt, ganz langsam, das Firmament. Der Geist der Dinge wird in uns zurückkehren. Wir werden wieder ein Ganzes sein.

Erst dann gelangen wir zu einer Vorstellung von unserer wahren menschlichen Gestalt.

Tag für Tag, während ich den Jungen lehre, die Laute aneinanderzufügen und Worte zu bilden, wie die Menschen sie benutzen, zeigt er mir, wie man die Laute der Vögel und Tiere erzeugt.

Zu Beginn war es ein Spiel. Ich ließ ihn gewähren, weil ich hoffte, ihn damit bei Laune zu halten. Meine Befangenheit, die Ungeschicklichkeit meiner Versuche brachten ihn zum Lachen. Allein schon dieses Lachen, dieser plötzliche Ausdruck von Kindlichkeit entzückte mich. Das Gefühl, daß wir beide dasselbe Spiel spielen, erleichterte es ihm, über der schwierigen, mühsamen Aufgabe, die ich ihm gestellt habe, nicht zu verzagen.

Aber er ist zweifellos der phantasievollere Lehrer. Er spielt den Vogel, dessen Schrei ich nachzuahmen versuche. Er läßt ihn mich in Händen halten, so daß ich sein Zittern spüre. Ich weiß, was er beabsichtigt. Ich soll mich in das Leben dieses Geschöpfs hineinversetzen. Während die Wärme des kleinen weichen Wesens in meinen Händen pulsiert, verschließe ich meinen menschlichen Geist und versuche, mir einen Schnabel wachsen zu lassen, versuche, ungeachtet meines schweren Körpers und meiner starren Knochen von meinem Selbst abzuheben und mir vorzustellen, wie es ist, wenn man sich aus dem feuchten Gras zu den Wolken aufschwingt. Wenn dann das eigenartige Zirpen, das die kleinen Vögel von sich geben, aus meiner Kehle kommt, klatscht der Junge in die Hände, wiederholt den Ton, spornt mich an und führt mich noch weiter hinein in das Sein dieser Kreatur.

Es ist wahr. Jeder Tag bringt mich weiter. Zu Beginn meiner Verbannung glaubte ich, eines Tages in der Sprache der Spinnen schreiben zu können. Nun, unter der Anleitung des Kindes, bin ich auf dem Weg dazu. Die wahre Sprache, das weiß ich jetzt, ist eine Sprache der Stille, in der wir, das Kind und ich, uns damals in den Birkenwäldern verständigten, während ich schlief. Es ist die Sprache, in der wir uns in meiner Kindheit unterhielten. Irgendeine Erinnerung an unsere wundersamen Gespräche erreicht mich am äußersten Rande meines Schlafs — ungreifbar vorhanden, aber nicht deutlich zu vernehmen. Sie kommt so nah heran, daß meine Zunge die Worte wiederzuerkennen meint, die mir das Geheimnis des Universums enthüllen würden, gelänge es nur, sie auszusprechen. Wenn ich jetzt an meine Verbannung denke, so meine ich die Verbannung aus dem Universum. Wenn ich an die Sprache denke, die mir genommen wurde, dann meine ich eine ältere, universalere Sprache als unser Latein — so verfeinert es auch sein mag. Latein ist die Sprache der Unterscheidungen, jede Endung grenzt ein, trennt ein Ding von anderen. Die Sprache, die ich meine und die zu lernen ich begonnen habe, ist eine Sprache, in der jede Silbe eine Geste der Versöhnung ist. Einst kannten wir diese Sprache. Ich sprach sie in meiner Kindheit. Wir müssen sie wiederentdecken.

Der Sommer geht zu Ende. Wenn wir nun zu unserer Insel in den Morast hinauswandern, muß ich mich gegen den Wind einhüllen, der nun schon seit fast einem Monat von Norden her bläst. Aber der Junge geht noch nackt. Weder Wind noch Kälte scheinen ihm etwas anzuhaben. Die Schatten wachsen jeden Tag früher aus dem Gebüsch heraus. Das Licht ist grau. Die Vögel, die dort draußen unsere Gefährten waren, sammeln sich und schicken sich an fortzuziehen. Jeden Tag sehen wir weniger. Und während wir in der Abenddämmerung durch die flache, sumpfige Landschaft zum Dorf zurückgehen, hören wir die Gänse auf ihrem Zug nach Süden in großen Wellen über den Himmel schlagen und die Höhe mit ihren Rufen füllen. Die Tiere haben sich zum Schlaf in die Erde verkrochen. Ich fühle, wie auch die Bewegungen des Kindes langsamer werden, und ich glaube, daß am Ende doch noch das Geheimnis, wie er dort draußen in den Wäldern den Winter überlebt hat, gelüftet wird. Eines Morgens wird auch er in einem tiefen Schlaf versunken sein, so wie in jenen ersten Tagen, als wir ihn zu uns holten.

Unterdessen verwandelt sich das Dorf in eine Festung. Die Männer gehen in Trupps hinaus und reparieren die Einpfählung. Die Ernte ist eingebracht und füllt die Speicher. Die Kuhställe, die den ganzen Sommer über offen und leer standen, werden mit Futter gefüllt, und in wenigen Wochen wird das Vieh — Ochsen, Kühe, Esel, Ziegen — aus dem Grasland geholt und in den Stall gepfercht, über dem wir schlafen. Wenn ich dann des Morgens im Dunkeln hinuntersteige, spüre ich die Wärme ihres Atems, rieche ihren Harn und höre das Rumoren ihrer Schnauzen im Futter. Im Hof werden Torfballen zu hohen Stapeln aufgeschichtet, und die mit dem Abstich beladenen Karren rumpeln zwischen den Hütten hindurch; geht es bergauf, treiben die Männer — öfter noch sind es halbnackte Kinder — die Ochsen mit Schreien und Peitschenhieben durch den glitschigen Schlamm. Wir sind dabei, uns einzuigeln gegen die Reiter aus dem Norden, die zweifellos, wenn der Fluß erst zugefroren ist, wiederkommen werden, und gegen die Wölfe. Wir alle scheinen uns in uns zurückzuziehen, uns vor der herannahenden Kälte zu einem verborgenen Licht und Glühen in unserem Körper zu flüchten. Es ist ein Sichverkriechen in der Tiefe des Selbst, die unberührt bleibt von der äußeren Enge, die uns der Winter nun aufzwingt. Nachdem wir zuerst das Dorf und dann unsere Häuser verriegelt haben, werden wir eng zusammengekauert um die einzige Feuerstelle in dem großen Raum über dem Kuhstall die eintönigen Tage verbringen; der Wachdienst an den Palisaden ist unsere einzige Abwechslung. Der Winter ist die Zeit des schwelenden Grolls und des Mißtrauens, die Zeit der ängstlichen Vorstellungen, die täglich mit der Dunkelheit um uns anwachsen und mit der Kälte, die uns enger zusammenrücken läßt und zugleich vereinzelt.

Ich mache mir Sorgen, vor allem wegen des Jungen. Bisher haben wir uns abseits der Familie in meinem Sommerquartier aufgehalten, das zwar vom Wohnhaus nicht völlig getrennt ist, da es an die Schlafräume der anderen grenzt; aber wir konnten immerhin kommen und gehen, wann wir wollten, und uns so weit von den anderen absondern, wie es die Enge unseres Zusammenlebens erlaubte. Plötzlich wird mir klar, wie sehr ich mich in diesen letzten Wochen zurückgezogen habe, wie sehr ich das Kind zur Grenze meiner Welt habe werden lassen. Nun geht all das zu Ende. Mein kleines Sommerquartier muß ich den Spinnen überlassen. Bald wird es der erste Schnee ganz unter sich begraben. Wie wird der Junge es ertragen, mit all den anderen in einem einzigen Raum zusammengepfercht zu sein?

Werden die Frauen und der Knabe Lullo ihn akzeptieren?

Während ich mit Ryzak beim letzten Licht des Tages im Hof kleine Holzstücke über ein Brett schiebe — das einzige Spiel, das die Leute hier kennen — erzähle ich ihm von meinen Befürchtungen.

Wie immer gewinnt er. Den Mund nach unten gezogen, mit dem klobigen Zeigefinger über den Lippenbart streichend, gibt er sich Mühe, nicht allzu selbstzufrieden dreinzublicken. Ich bin ein schlechter Spieler und kein ernsthafter Gegner für ihn. Er tut so, als entdecke er eine Schwierigkeit, wo keine ist, wedelt mit dem Finger vor meiner Nase und macht seinen Zug.

»Nein, nein, mein Freund. Du kannst mir vertrauen. Sie werden dem Jungen nichts anhaben.«

Aber ich bin nicht überzeugt. Manchmal glaube ich fast, daß Ryzak trotz seiner Stellung als Dorfoberhaupt, trotz der Selbstverständlichkeit, mit der er diese Rolle spielt, weniger Macht im Dorf und geringeren Einfluß in seinem eigenen Hause hat, als er mich glauben machen möchte. Hinter seiner männlichen, vom Gesetz verbürgten Vorherrschaft, liegt die dunklere Macht der Frauen. Besonders die alte Frau, seine Mutter, scheint ihm auf merkwürdige Weise überlegen. Er schreit sie an, und ein oder zweimal habe ich gesehen, wie er sie schlug. Aber ich fühle, daß sein Geist vor ihr zittert. Es sind ihre Dämonen — die alten Geister, zu denen sie mit stummen Lippen spricht und denen sie im Mondlicht Opfer darbringt —, die auf irgendeine dunkle Weise die wahren Herrscher in dieser Welt sind. Und Ryzak weiß es. Er fürchtet sich vor ihren Zauberkräften, so wie er sich auch vor dem Schamanen fürchtet. Auf seiner Seite hat er nur körperliche Kraft und die Autorität, die ihm das Gesetz verleiht.

Die alte Frau ist weiterhin feindselig und mißtrauisch. Ich beobachte, wie sich ihre Lippen bewegen, während sie die Grütze in unsere Schüsseln austeilt, und ich frage mich, ob sie nur zu sich selbst spricht oder Zaubersprüche murmelt. Im Dorf ist sie hochgeachtet wegen ihrer magischen Kräfte, kaum ein Tag vergeht, ohne daß eine der Frauen des Dorfes vorbeikäme und sie wegen irgendeines Problems — eines Muttermals, einer Hasenscharte oder einer schwierigen Geburt — um Rat fragte. Ein oder zweimal habe ich sogar einen jungen Mann vor der Hütte herumlungern sehen, von einem Fuß auf den anderen tretend, unschlüssig, ob er sich der gefährlichen Welt des Frauenzaubers ausliefern solle. Was er suchte, war nicht schwer zu erraten: einen Liebestrank, einen Zauber gegen den Mehltau oder gegen die Frühgeburten seiner Schafe. Auf dem Weg hinaus zu unserer Insel sahen wir die Alte manchmal zwischen den Wermutsträuchern auftauchen, wo sie Kräuter sammelte, oder auf einem Feld, wo sie unter den Grasnarben Botschaften entzifferte, die weder von Tieren noch Menschen stammen. Ich weiß, daß sie mir nachspioniert. Vielleicht glaubt sie, ich sei ein rivalisierender Hexenmeister — ob das Wort Dichter diese Bedeutung für sie hat? —, der das Kind dazu benutzt, einen anderen, mächtigeren Zauber als den ihren auszuüben. Mit ihrem Gemurmel beim Essen will sie das Gute aus den Körnern hinaustreiben, damit unser Geist keine Nahrung in ihnen findet. Aber sie ist viel zu sehr auf der Hut vor ihrem Sohn, um offen etwas gegen uns zu unternehmen.

Ihr Verbündeter bei all dem ist der Knabe Lullo. Er

ist eifersüchtig, weil ich nun einen neuen Schüler habe — dabei habe ich ihm schon mehrere Male angeboten, unseren Unterricht wieder aufzunehmen. Er weigert sich, in meine Nähe zu kommen, und verkündet lauthals, daß er nicht einsehe, welchen Nutzen Latein oder die einfache Mathematik, die ich ihm beizubringen versuchte, für ihn haben solle.

Der alte Mann sieht mich bedauernd an. Er sähe es gern, wenn sein Enkel sich diese Kenntnisse aneignete, aber sein Stolz verbietet es ihm, zuzugeben, daß er in dieser Angelegenheit nicht genügend Einfluß hat. Stumm, die ledernen Züge zu einem Ausdruck komischer Verzweiflung und verletzter Würde verzogen, bittet er mich, die Ungezogenheit des Jungen nicht übelzunehmen und für seine eigene schwierige Lage Verständnis aufzubringen. Er schimpft Lullo einen Tölpel, kneift ihn am Ohr, aber nur leicht, und gibt damit insgeheim zu verstehen, daß er in der Weigerung des Knaben, meine Bildungsversuche anzunehmen, auch eine Geste der Treue zu seinen eigenen Leuten sieht, besonders zu seinem zwar ungebildeten, aber durchaus gewitzten Großvater. Der Junge versteht den Knuff wie er gemeint ist, und mit einem überlegenen Lächeln in meine Richtung stolziert er davon.

Ryzak schüttelt den Kopf, zieht eine Schnute, zeigt mir die Innenfläche seiner Hände. Die alte Frau triumphiert, feiert meine Niederlage mit einem Siegeskreischen und schlurft zu der Feuerstelle, um einen Kräutertee aufzubrühen, den sie uns dann mit einer Pantomime von so unverschämter, übertriebener Höflichkeit serviert, daß Ryzak sich verpflichtet fühlt, den Aufguß für ungenießbar zu erklären und die Krüge mitsamt ihrem Inhalt über den Hof schleudert.

Die Mutter des Jungen, als einzige, ist zu gutartig, um sich ganz gegen mich zu wenden. Von Anfang an sah sie in mir eher einen kindischen Narren, gegen dessen Schwächen sie sich Nachsicht abverlangte. Ihre wundersame Zuneigung zu mir rührt noch aus meiner ersten Zeit an diesem Ort, als sie mir die Namen der Körner, die sie verlas, beibrachte. Da sie sich vor der alten Frau fürchtet und *ich* der Dorn im Auge der Alten bin, ist sie froh über meine Anwesenheit. Darin, daß sie mir jeden Tag das Wasser für meine Blumen bringt, erkenne ich etwas Verschwörerisches: Sie, die in diesem Haus keine Rechte hat, sondern nur geduldet wird, verbündet sich mit mir, dem es ebenso ergeht.

Sie kommt aus einem weit entfernten Dorf, das einem anderen Stamm gehört. Wirklichen Halt in diesem Haus hat sie jetzt, da ihr Mann tot ist, nur durch ihren Sohn. So wäre es jedenfalls, wenn Ryzak ihr nicht so außerordentlich zugetan wäre. Und das ist zweifellos ein weiterer Punkt, den die alte Frau ihm ankreidet, noch eine seiner kleinen Nachgiebigkeiten, die die Ordnung der Dinge hier schwächen.

Vielleicht ist es eine ähnliche Schwäche, die die junge Frau dazu bringt, trotz der Warnungen der Alten und trotz ihrer eigenen Furcht, manchmal die Hand auszustrecken und das Kind, wenn es sich gerade über eine Aufgabe beugt, zu berühren. Behutsam, nur für eine kurze Sekunde — von Neugier getrieben oder von Zärtlichkeit oder von dem dunklen Wunsch, mit den Kräften dieses Wesens in Berührung zu kommen —, streicht sie über sein Haar und zieht die Hand sofort zurück, wenn der Junge es spürt. Aber in diesem Augenblick, so kurz er ist, zeigt sich auf den Gesichtern der beiden ein ganz außerordentlicher Ausdruck.

Ich will damit nur sagen, daß unser Leben hier, trotz aller Isolation, voller Spannungen ist. Und der Winter hat gerade erst begonnen.

Den ganzen Tag über lag heute diese merkwürdige Stille in der Luft, dieses kränkliche, grünliche Licht, das Schnee verheißt. Große, geronnene Wolken über dem Meer. Das Vieh, das schon eingetrieben wurde, stampft und dampft in den Ställen oder drängt sich im Dunkel dort zusammen. Auch das Kind wollte sich nicht mit seinen Aufgaben beschäftigen. Wie jeder Junge seines Alters kann er schwierig sein, und ständig ist er auf der Suche nach irgendwelchen Vorwänden — der Flügel eines Eisvogels im Morast, eine Raupe, die über einen Baumstamm kriecht —, um mich abzulenken. Aber heute ist es anders. Jeder Muskel in ihm ist gespannt und alarmiert, so als hörte er hinter uns im Gras Schritte. Er ist nicht bei der Sache; ein oder zweimal hat er kleine Wutausbrüche, stößt ungeduldig meine Hand fort und reckt seinen Kopf hoch, so als ob die Sprache, die ich ihn lehre, einer anderen den Weg versperrt, die er nur hören kann, wenn er die Ohren ganz besonders spitzt.

Oft ahnt sein Körper auf diese Weise einen Wetterumschwung voraus. Er riecht das Drehen des Windes Stunden vorher, ehe die ersten Stöße das Meer erzittern lassen oder durch den Strandhafer im Morast fahren. Ich habe schon oft beobachtet, wie er im Hof seinen Kopf in eine Richtung verrenkt, so als ob sich von dort irgendein Wesen nähere. Ich weiß dann, daß draußen die Grashalme in der ersten kühlen Böe eines neuen Windes wogen oder weit hinten am nördlichen Horizont das erste Flackern der Blitze einen Gewittersturm ankündigt.

Aber heute ist es der Schnee, den wir schon seit fast drei Wochen erwarten. In der Feste werden die letzten Vorbereitungen getroffen. Über dem flachen, grauen Land vibriert die Stille, so als wäre eine Saite angeschlagen worden. Und alles stimmt ein.

Irgendwann zwischen Mitternacht und Morgengrauen werde ich durch ein eigenartiges Licht im Raum geweckt — ein unnatürliches Blau, das zu pulsieren scheint und ganz anders ist als Mondlicht. Die Tür unserer Hütte steht offen, der Platz des Jungen in der Ecke ist leer. Schnell raffe ich mich auf. Angst überfällt mich.

Aber er ist nicht weggelaufen. Inmitten des blendenden Lichts, das der Schnee — der seit Stunden gefallen sein muß, so hoch ist er — auf ihn wirft, steht er nackt im Hof. (Auch jetzt, wo wir anderen uns in Felle einwickeln müssen, schläft er noch nackt.) Es sieht aus, als schliefe er. In seinem Gesicht steht der entrückte, verzückte Ausdruck der Schlafwandler, die auch dann, wenn man ihnen in einem Gang oder auf einer Treppe begegnet, unberührbar und außer Reichweite scheinen, so als bewegten sie sich in einer anderen, ebenso gegenwärtigen Welt, die von unserer getrennt ist, aber nicht durch Wände. Er steht vollkommen still, das Gesicht zum Himmel erhoben, der von einem weißglühenden Blau ist, das weder dem Tag noch der Nacht angehört — ein Blau, das singt, das so klar ist, so rein und nichts anderes als Farbe.

So steht er fast eine Stunde lang reglos in der Kälte, umgeben von dem Licht, das vom Schnee ausgeht. Ich habe Angst, ihn zu wecken. Dann, als es wieder leicht zu schneien beginnt, öffnet er den Flocken seinen

Mund, reibt sich mit Schnee das Gesicht ein, seine Schultern, seinen Oberkörper, streckt die Arme aus und wirft den Kopf zurück, so daß das Licht ganz auf sie fällt.

Ich mache ein kleines Geräusch, ein Scharren mit dem Fuß vielleicht, denn auch ich stehe die ganze Zeit reglos in der Kälte, gebe keinen Laut von mir, um ihn nicht zu stören.

Er dreht sich um und ist plötzlich wach. Lächelt, stößt einen Freudenschrei aus und fängt an, im Schnee herumzuhüpfen, wirft Händevoll in die Luft. Die Kälte scheint er nicht zu spüren. Sein Körper verfärbt sich nicht, Hände und Füße werden nicht starr. Dann springt er zu mir, in jeder Hand einen Klumpen Schnee, und ich spüre die Wärme, die er abgibt. Sein Körper glüht, er ist eine Feuerstelle. Er zeigt mir den Schnee, als wäre er ein Teil seiner Welt, den ich vielleicht noch nie gesehen habe.

Als ich versuche, ihn in den Raum zurückzuziehen, widersetzt er sich. Ich habe ihn noch nie so widerspenstig gesehen. Ich mache einen Fehler und will ihn zwingen. Er schlägt auf mich ein, spuckt, reißt an meinem Umhang, rennt zum Zaun, kratzt an den rohen Holzpfählen, will sie losrütteln. Als ich versuche, ihn zu beruhigen, stößt er mich von sich und beginnt zu heulen. Es ist das Heulen aus jenen Tagen in den Wäldern. Er heult, kratzt wie ein Tier am Zaun, spuckt mich an, wenn ich ihm nahekomme, zeigt mir die Zähne und die Finger, die er wie Klauen ausgestreckt und gespreizt hat. Hinter mir die Frauen. Und Ryzak, der beunruhigt aussieht. Und der verschlafene Lullo — mit weit aufgerissenen Augen, so als wäre eine der Geschichten des alten Mannes hier im Hof plötzlich Wirklichkeit geworden.

Ich bin den Tränen nahe. Ich bin hilflos. Ich warte, zusammen mit Ryzak, bis sich die Kräfte des Jungen erschöpft haben. Endlich sinkt er gegen den Zaun. Aus seinen Nägeln fließt Blut. Mitleid überkommt mich und plötzlich ein entsetzliches Schuldgefühl; aber ich kann ihn nicht berühren. All diese Wochen bin ich meinem eigenen Plan gefolgt, habe in dem Kind nicht einen Moment lang etwas anderes als ein Geschöpf meines Willens gesehen, eine Gestalt in meinem Traum. Jetzt, wo er im Schnee kniet und heult, sein Gesicht mit den Nägeln aufreißt, ahne ich zum ersten Mal etwas von seiner unermeßlichen Einsamkeit, die mich fürchterlich erschreckt. Welchen Schmerz erleidet er? Wie tief müssen die Trauer und die Entbehrung sein, die er da herausschreit? Endlich, als sein Heulen zu einem leisen kindlichen Schluchzen versiegt, tragen wir ihn auf seinen Strohsack. Ich lege mich neben ihn im Dunkel, hinter der geschlossenen Tür, bis er sich in den Schlaf geschluchzt hat.

Am Morgen scheint er keine Erinnerung an die Ereignisse der Nacht zu haben. Er beobachtet mich von seiner Ecke aus, wie ich mein Bettzeug einrolle, meine Schreibutensilien, das Rasiermesser und die Seifenschüssel zusammenpacke und mich darauf vorbereite, diesen Platz, der meiner — unserer ist, einen Winter lang zu verlassen und gegen den Gemeinschaftsraum über dem Stall einzutauschen. Ich versichere ihm mit Gesten, daß ich nicht ohne ihn gehen werde, und dränge ihn, auch seine Sachen zu holen, als da sind: das grobe Gewand, das er nicht anziehen will, und sein bunter Ball. Er bewegt sich mit schweren Gliedern, scheint noch nicht wach zu sein und sieht mir dann zu, wie ich den Raum ausfege, den Spinnen Aufwiedersehen sage und die Tür hinter uns verriegele. In wenigen Tagen wird der Schnee unsere Hütte unter sich begraben haben, und danach, wenn er gefriert, wird es keinen Weg mehr geben, sie zu betreten, höchstens durch das Dach.

Langsam, mit all unserer Habe im Arm, klettern wir die Leiter im Stall hoch zu dem oberen Raum.

IV.

Unser Wintertraum beginnt.

Es ist mein fünftes Jahr an diesem Ort. Und ich habe mich noch immer nicht an die Kälte gewöhnt. Tag für Tag liegt dasselbe graue Licht über den Marschen. Es schneit, friert, schneit wieder, und unaufhörlich bläst aus der Ebene der Sturm. Die dicken Rauchschwaden des Torfs, der unter uns glimmt, machen die Luft in unserem Raum stickig. Die Fenster haben wir die meiste Zeit verriegelt, öffnen sie nur an jenen merkwürdig stillen Tagen des vollkommenen Frostes, wenn der Himmel sich in eisiges Blau verwandelt, und die ganze Welt den Atem anhält, blau, gold und weiß glitzernd, so als wären wir plötzlich in ein neues Land vorgestoßen. An den anderen Tagen kauern wir hier im Halbdunkel, beschäftigen uns damit, dem Wind zuzuhören, wie er um die Dachtraufe pfeift, mit einem dumpfen Geräusch dicke Schneeklumpen herunterwirft und an den Holzverschlägen rüttelt. Wir lauschen auf das Klirren der Eiszapfen und versuchen, der Zugluft zu entgehen, die sich überall einen Weg bahnt und kleine Wirbel in die raucherfüllte Luft bläst. Ich schreibe beim Licht einer tropfenden Kerze, muß sie hin und wieder mit der gewölbten Hand schützen, damit ein plötzlicher Windstoß sie nicht ausbläst. Den größten Teil der Zeit verschlafe ich. Das mag an der Schwere der Luft liegen oder daran, daß mein Blut in dieser Kälte langsamer fließt, vielleicht schlafe ich auch nur aus Langeweile. Ich merke, wie ich zu allen möglichen Stunden des Tages einnicke, fühle mich immer schläfrig und habe einen schweren Kopf. Wieviele Stunden des Tages ich so halbschlafend, halbträumend verdöse, weiß ich nicht.

Die Tage, in denen kaum etwas geschieht, was den einen vom anderen unterscheidet, vergehen schnell, versinken in absolutem Vergessen, so wie die Nächte. Eine Woche, drei Wochen, fünf. Wenn man ihre Zahl nicht an einem Stock einkerbt oder auf einer Pergamentrolle verzeichnet, weiß man kaum, daß sie kamen und vorübergingen.

Ich zähle die Wochen an meinen Wachdiensten. Jede fünfte Nacht gehe ich, mit zwanzig anderen, für vier Stunden hinaus zur Einpfählung, schreite die hölzerne Brustwehr gleich unter den mit eisernen Spitzen versehenen Palisadentürmen auf und ab. In klaren Nächten kann das schön sein: der Mond steht hoch zwischen den Wolken, die Flußebene liegt in bläulichem, von breiten Schatten unterbrochenem Licht. Soweit das Auge reicht, erstreckt sich jenseits des Flusses die Ebene. In solchen Nächten sieht man die Wölfe, wie sie sich in Horden über den Schnee bewegen, und wenn es windstill ist, hört man ihr Heulen. Manchmal geschieht es, daß ein Einzelgänger ganz nah an die Palisaden herankommt, zuweilen auch ein Rudel von Wölfen, die ihre Reißzähne im Mondlicht zeigen und die

Luft mit ihrem schrecklichen Geheul erfüllen; sie wittern das Vieh in den Ställen, und die Ochsen und Esel erwidern ihr Geheul mit beklommenem Brüllen und Gewieher. Aber in den meisten Nächten wirbeln die Nebel wie Meereswogen um uns. Stumpf und wie Blinde, eine Hand ausgestreckt, stapfen wir den engen Palisadengang auf und ab. Die vier Stunden werden dann zu einer eigenen Art von Schlaf. Das Auge findet nichts, auf das es sich richten könnte, der Nebel erstickt jeden Laut. Es ist ein grauer, traumloser Schlaf, der in den Knien schmerzt und die Schädeldecke zusammenzieht, und ich habe die größten Schwierigkeiten zu verhindern, daß ich wirklich einschlafe und womöglich die zwölf Meter hinunter in den gefrorenen Schlamm stürze.

Seit Tagen sitzt der Junge stumpfsinnig herum, stundenlang starrt er ins Dämmerlicht, die Arme um die Knie geschlungen, das Kinn auf die zusammengepreßten Fäuste gestützt. In den seltenen Momenten, in denen der Wind abflaut, spannt sich sein Körper, lauscht er auf das Aufkommen neuer Stürme. Manchmal schnuppert er nach den Schneewolken, die auf uns zuziehen. An den wenigen Tagen glitzernder Stille, wenn wir die Fenster öffnen können, wird er fast wahnsinnig vor Freude; dann hockt er auf der Türschwelle und schaukelt auf den Fersen hin und her, wobei er kleine winselnde Töne von sich gibt, wie ein Hund, der von der Leine will. Aber in den langen Wochen, in denen wir uns vor Nebel, Schnee und strengem Frost verriegeln müssen, versinkt er wieder in seinen alten Zustand, wo ihn nichts erreichen kann. Wenn man ihm zu Essen gibt, ißt er, doch an unseren Sprachspielen zeigt er keinerlei Interesse mehr, und ich fürchte, er wird fast alles, was wir gelernt haben, vergessen. Einmal versuche ich ihn durch einen der Rufe, die er mir beigebracht hat, aus seinem Brüten hervorzulocken. Aber mein kläglicher Versuch, einen Vogel nachzuahmen, erinnert ihn bloß an unser Fleckchen im Morast, das wir nun schon seit fast drei Monaten nicht mehr aufgesucht haben. Mir wird plötzlich klar, daß ihm das unverständlich sein muß, daß er gar nicht einsehen kann, warum wir nicht mehr dorthingehen und warum unsere Spiele aufgehört haben. Glaubt er, ich bestrafe ihn?

Einmal, als wir in einer klaren Nacht die Fenster öffneten, versuchte er sich hinauszustürzen. Ich mußte ihn mit aller Kraft vom Fenstersims ziehen, während er um sich trat und jene heiseren, tierischen Laute ausstieß, die die alte Frau in ihrem Glauben, er sei kein Kind, sondern ein verwandeltes Tier, das sich bei uns eingeschlichen hat, noch bestärken.

Sie beobachtet ihn unentwegt. Am meisten, glaube ich, fürchtet sie, er könnte irgend etwas berühren, irgendeinen Gegenstand im Raum, und dadurch Macht über den gewinnen, der ihn benutzt. Und es ist wahr: in den langen Stunden, in denen er nur dasitzt und vor sich hinstarrt, wirkt er wirklich nicht wie ein gewöhnliches Kind. Wenn er aus tiefer Kehle knurrt und wimmert oder in seinem Schmerz diese kleinen winselnden Töne von sich gibt, frage ich mich selbst zuweilen, ob nicht der Geist irgendeines Tieres sich seiner bemächtigt hat — der Geist jenes Wesens, das ihm dort draußen in den Winterwäldern beistand. Damals überlebte er. Kann er auch jetzt überleben? Ich sehe, wie er sich Tag für Tag weiter in irgendeine unbekannte Richtung entfernt — in das Versteck irgendeines Tieres vielleicht, in dem seine Seele schlummert und von wo niemand sie zurückrufen kann.

Wenn ich ihn gelegentlich betrachte, glaube ich, deutlich zu erkennen, was er tut. Er träumt sich hinaus in die Winterlandschaft. Ich sehe ihn über den weichen Schnee zwischen den Birken laufen, auf einer Baumrinde kauen oder auf dem Boden knien und nach Flechten suchen. Ich berühre seine Schulter, aber er spürt es nicht. Die schwarzen, tief in ihre Höhlen zurückgesunkenen Augen starren durch mich hindurch auf die im Wind glitzernden Eisfelder. Wenn er mit gespannten Muskeln einen Wetterumschwung nahen spürt, dann lauscht er auf Bewegungen in der Luft und der Landschaft, die sein Geist durchstreift. Wäre ich sicher, daß wir ihn im Frühling wiederfänden, ließe ich ihn hinausgehen. Aber das ist unmöglich. Jetzt, wo wir ihn zu uns geholt haben, gibt es keinen Weg mehr zurück. Ich sehe, wie er durch die Wärme in unserem Raum allmählich seine Fähigkeit verliert, der Kälte zu widerstehen. Seit kurzem wickelt er sich, wie wir, in eine Felldecke ein. Dort draußen würde er erfrieren. Welches auch immer sein Geheimnis gewesen sein mag, ich habe es ihm fortgenommen. Er ist jetzt so empfindlich wie wir alle, und zumindest darin zeigt sich — selbst wenn die alte Frau es nicht so sieht —, daß er letzten Endes doch ein Mensch ist.

Als wolle es mich in meiner Ansicht bestärken, bekommt das Kind Fieber. In seiner üblichen Stellung in der Ecke hockend, mit hochgezogenen Knien vor sich hinstarrend, kippt er plötzlich um und wird ohnmächtig. Als ich zu ihm eile, um ihn zuzudecken, kommt er wieder zu sich und beginnt im selben Moment zu zittern. Dicke Schweißperlen bilden sich über seinen Brauen, Schweiß verklebt sein Haar, sein ganzer Körper dampft. Und zwischen Phasen von Fieberglühen hat er Schüttelfrost. Ich glaube, zum ersten Mal spürt er, was es heißt, zu frieren. Sein ganzer Körper zieht sich unter diesem neuen Gefühl zusammen. In sich entdeckt er den Winter — was es heißt, Schnee und Eis zu sein, in die Sphäre absoluter Kälte einzugehen, in jene polare Welt außerhalb des Körpers. Jeder Muskel seiner Glieder, seiner Schultern, seines Halses krampft sich zusammen, seine Fäuste ballen sich, seine Kiefer werden starr. Grauen steht in seinem Gesicht. Dann setzen die Fieberkrämpfe ein, ich muß ihn festhalten, einen Messergriff zwischen seine Zähne klemmen, während sich sein Körper krümmt und versteift, von nicht enden wollenden Zuckungen geschüttelt, bis er endlich in einen bewußtlosen Schlaf fällt. Dann wieder das Schwitzen. Während ich ihn in meinen Armen halte und versuche, ihm ein paar Tropfen Wasser einzuflößen, muß ich an meinen Bruder denken. Ich begreife, was er mir bedeutet, dieser Junge, und was es hieße, ihn zu verlieren.

Die alte Frau beobachtet uns aus ihrer Ecke. Ich weiß, was sie denkt: daß dies kein gewöhnliches Fieber ist, daß das Kind vielmehr mit seinem Dämon kämpft, jenem Tiergeist, der ihn dort draußen in den Wäldern schützte und der ihn jetzt wieder bedrängt. Als ich sie um eine Medizin bitte, irgendeinen Heiltrank aus den Kräutern, die sie sammelt, schüttelt sie den Kopf, hält den Daumen nach unten und spuckt. Ich muß Tag und Nacht bei dem Kind wachen. Wenn die Alte auch nur für einen Moment glaubt, sie habe ein Anzeichen dafür entdeckt, daß der Geist gesiegt hat und wieder in den

Körper des Jungen zurückgekehrt ist, dann würde sie ihm die Kehle durchschneiden. Ich weiß es.

Aber die jüngere Frau, die selbst ein Kind hat und weichherzig ist, kann es nicht ertragen, den Jungen so zu sehen — wie er leidet und schwitzt, von Kälteschauern geschüttelt wird und sich unter der Decke krümmt. Heimlich bringt sie mir Essen für ihn und eine Schüssel mit klarem Wasser.

Ich höre die alte Frau mit ihr schimpfen. Was ist, so rumort die Alte, wenn der Junge seinen Kampf aufgibt und wir plötzlich dem riesigen weißen Wolf, mit dem er im Bunde war, gegenüberstehen? Jeden Moment kann er sich in den Körper des Jungen einschleichen, um dann aus ihm hervorzubrechen. In dem Fieber des Kindes sieht sie das Zeichen seiner schmerzlichen Verwandlung: Siedend und gefrierend verwandelt sich sein Blut Tropfen für Tropfen; schon lechzt der Bauch des Kindes nach rohem Fleisch, der Nahrung der Wölfe. Seine Glieder spreizen sich, um Klauen zu werden, seine Kiefer pressen sich aufeinander, damit ihnen Reißzähne wachsen. Aber wenn es überhaupt gar kein Wolf ist? Sondern eine ganz andere Bestie? Noch riesiger, noch schrecklicher als selbst sie es sich vorstellen kann?

Die junge Frau läßt sich einschüchtern. Ich spüre, daß neue Zweifel in ihrer Seele keimen. Was geschähe, wenn die Bestie sich nun — da das Kind so schwer zu erobern ist — statt dessen den Körper ihres eigenen Sohnes aussuchte? Es wäre so einfach. Während wir alle schlafen, unsere Körper ausgehöhlt im Dunkel liegen, schlüpft der Geist des Kindes heraus, durchquert den Raum, tritt in den Körper ihres Sohnes ein — und dann, dann ist es passiert!

Zwei Tage lang weigert sich die junge Frau, in unsere Nähe zu kommen. Sie beobachtet das Kind, sie beobachtet ihren Sohn und hält ihren Jungen so weit wie möglich von unserer Ecke fern, während die Alte flüstert und zwischen uns hin- und herflattert.

Aber in tiefer Nacht, als das Fieber des Kindes seinen Höhepunkt erreicht und ich gezwungen bin, um Hilfe zu rufen, ist es die junge Frau, die sich im Dunkel rührt, sich in ihren Umhang wickelt und mir Wasser bringt. Nach fast fünf durchwachten Nächten bin ich entsetzlich müde und aus reiner Erschöpfung ständig den Tränen nahe. Meine Hand zittert so, daß ich die Schale nicht an die Lippen des Kindes führen kann.

Sie nimmt sie mir ab, kniet wieder. Hebt den Kopf des Jungen und läßt die Kühle in ihn tröpfeln. Dann, nachdem sie ihn wieder auf den Lumpenhaufen gebettet hat, aus denen ich ein Kissen zuwegegebracht habe, bleibt sie bei ihm sitzen, während ich mich einen Moment lang gegen die Wand lehne und einschlafe. Als ich wieder aufwache, sitzt sie noch da, ihr Gesicht kaum erkennbar in den Falten ihres Umhanges. Sie sitzt ganz aufrecht und bewegt ihre Hand hin und her, um dem Kind Luft zuzuwedeln. Mit einem Nicken gibt sie mir zu verstehen, daß ich weiterschlafen soll, und sofort falle ich wieder zurück in die Tiefe meines Körpers. Im frühen Morgenlicht, das durch die Fensterritze sickert, wache ich auf und sehe, wie sie das Kind hält, das von Anfällen geschüttelt wird. Sie sieht ängstlich aus. Ich weiß, nun ist der Wendepunkt gekommen in diesem Drama. Und ich weiß auch, wovor sie sich fürchtet.

Der Körper des Kindes bäumt sich auf, die Glieder schlackern, seine Kiefer verbeißen sich, merkwürdige tierische Laute kommen zwischen ihnen hervor. Ich höre, wie sich die anderen zu rühren beginnen, sehe, wie die Alte aus dem Dunkel hervorkommt und wie der Knabe Lullo sich schläfrig von seinem Lager aufrichtet. Das Kind knurrt, ein tiefes Brummen dringt aus seiner Kehle, die Zunge schiebt sich nach vorn und aus den Mundwinkeln tropft Speichel. Seine Lippen bewegen sich. Und plötzlich — so deutlich, daß wir es alle hören, ich und die junge Frau, die den Jungen erschreckt losläßt, die Alte, die einen Schrei ausstößt — kommt zwischen dem Heulen und Winseln tierischen Schmerzes ein Wort über seine Lippen — eines jener Worte, die ich ihm während all der Wochen beizubringen versuchte. In seinem Delirium hat er es endlich gefunden. Es ist an die Oberfläche seines Geistes gelangt und seine Zunge fand den Weg, es zu formen.

Es ist ein ganz gewöhnliches Wort, eines dieser kleinen Wörter aus dem Alltag der Leute hier. Aber die Wirkung, die es auf sie hat, ist unerhört. Und in meiner Freude darüber, daß er endlich sein Menschsein entdeckt, begreife ich nicht, was sie so beunruhigt. Die junge Frau richtet sich wankend auf und tastet sich nach hinten. Die alte Frau greift nach ihr und zieht sie an sich, mit der anderen Hand faßt sie nach hinten und holt den Knaben Lullo zu sich. Sie pressen sich aneinander, Lullo in ihrer Mitte, starr vor Entsetzen. Vom Lager des Kindes schaue ich ihnen zu, einen Moment lang unfähig, zu begreifen, was geschehen ist.

Das hatte die Alte geweissagt. In den Tiefen seines Fiebers, am Wendepunkt seiner Krankheit, hat der Junge die Seele eines von ihnen an sich gerissen. Daß er plötzlich ein Wort in ihrer Sprache hervorbringt, beweist es.

Es ist der Junge Lullo, dem sie sich nun zuwenden, er muß es sein, der, ohne es zu wissen, aus dem Munde des Kindes gesprochen hat. Die alte Frau bricht in ein Geheul aus, verflucht die jüngere, die ihr eigenes Kind verriet, um einem Eindringling zu helfen. Weil sie ihm über den schlimmsten Fieberpunkt hinweghalf, ermöglichte sie es dem Dämonen, wenn auch nur für einen Moment, den Geist ihres Sohnes zu stehlen. Die junge Frau ist stumm vor Schrecken. Sie taumelt über die Binsen, hält sich den Bauch, aus ihrer Kehle kommen kleine würgende Laute, so als müßte sie sich gleich erbrechen. Der Knabe Lullo beginnt zu winseln, die Alte reißt ihm die Kleider vom Leib, um seinen Körper nach möglichen Malen und Zeichen abzusuchen — nach den Stellen, wo der Dämon Eingang gefunden haben könnte. Als Ryzak eine Stunde später von seinem Wachdienst zurückkommt, ist der ganze Raum in Aufruhr. Die beiden Frauen gebärden sich wie wild, der Knabe Lullo liegt auf seinem Strohsack ausgestreckt, schwitzt in den ersten Fieberkrämpfen, während das Kind, dessen eigener Kampf endlich vorüber ist, ruhig atmet und schläft.

In meinem Kopf dreht sich alles.

Zu jedem anderen Zeitpunkt wäre ich ganz außer mir vor Freude über das gewesen, was geschehen ist. Endlich hat das Kind gesprochen. Der erste Schritt ist getan, unausweichlich wird es nun die Welt der Menschen betreten. Wäre dies vor sechs oder sieben Wochen dort draußen in den Marschen geschehen, dann hätte ich mich vor Freude nicht halten können. Nun sehe ich nur noch die Gefahr, in die sich der Junge gebracht hat. Dieses erste, aus der Tiefe seines Schlafs hervorgepreßte menschliche Wort, während sein Geist, vielleicht auch seine Seele, weit entfernt im tiefen Schnee seiner Wälder waren, wird ihn vielleicht vernichten.

Er ahnt nichts von der Bedrohung, er schläft, sein Atem fließt leicht über seine Lippen. Aber die Gefahr ist wirklich, ich wage nicht, ihn allein zu lassen, getraue mich nicht, auch nur einen Augenblick lang, dem Hunger meines Körpers nach Ruhe nachzugeben. Für den Augenblick sind die beiden Frauen so beschäftigt, daß sie sich um uns nicht kümmern können. In ihrer Ecke, uns gegenüber, heulen sie über dem Körper des Knaben Lullo, dessen leises Stöhnen zwischen ihren Klagen hervordringt. Er ist im frühen Stadium derselben Krankheit, die das Kind durchlitt. Ich kenne die Symptome.

Wie hat er sie sich geholt?

Mir fällt der entsetzte Ausdruck in Lullos Gesicht ein, als die Hände der Alten an ihm herumzerrten, um seinen Körper nach irgendwelchen Malen abzusuchen, durch die sich die Krankheit eingeschlichen haben könnte. War dies der Moment, in dem er sich die Krankheit holte — als er die Angst der Alten spürte und sie sich zueigen machte? Vor Jahren, auf einer meiner Reisen in Kleinasien, kam ich in eine Stadt, die von der Pest heimgesucht worden war. Was mir damals auffiel, war die Willkür, mit der die Krankheit vorging, wie sie in einem Haus auftauchte, alle, bis auf ein einziges Kind, das ganz unversehrt blieb, dahinraffte, dann zwei Häuser weiter sprang, um sich ein neues Opfer zu holen. Ich kam zu der Überzeugung, daß das Übel nicht nur wie eine Wolke über der Stadt lag, daß es außerdem auch einen Schatten der Plage geben mußte, der den Menschen schon innewohnte und daß die

Krankheit nur ausbrach, wenn diese beiden aufeinandertrafen, und einander erkannten. Wie sonst ließe es sich erklären, daß der eine Mensch sich die Krankheit holt, und der andere, der neben ihm sitzt, vielleicht im selben Bett schläft, nicht. Und was kann dieser Schatten, der im Körper des Menschen schlummert, anders sein als Angst? Die Angst ist das Bindeglied. Der Körper bricht in Angstschweiß aus, und in dieser Schweißfeuchtigkeit gärt die Krankheit, jeder Tropfen verwandelt sich und wird zu Fieberschweiß. Was im Geist begann, wirkt nun im Körper weiter. Einmal erlebte ich sogar, wie eine Krankheit von der Bühne herab übertragen wurde. In Antiochia stellte ein berühmter Schauspieler den Todeskampf eines Helden, der die Götter beleidigt hatte und nun von tödlichem Fieber gepackt wurde, so eindringlich dar, das Brennen, das Würgen, die Krämpfe der Krankheit, und erschütterte das Publikum mit seiner Mimik so sehr, daß ein halbes Dutzend Zuschauer, aus eigener Angst und eigener Schuld, plötzlich dasselbe Fieber bekamen, schweißnaß von den Sitzen fielen und hinausgetragen werden mußten. Ihr Geist war von dem Schauspiel so beeindruckt, daß die bloß vorgespiegelte Krankheit sie ansteckte. Indem der Schauspieler das Leiden des Helden so lebendig darstellte, hatte er die Seelen dieser Armen so empfänglich für die Krankheit gemacht, daß sogleich all ihr Gift durch ihre Adern flutete.

Verbreitet sich Fieber auf diese Weise? Ist dies der Weg, auf dem sich der Knabe Lullo angesteckt hat? Dann war es nicht, wie die Alte meint, das Kind, das die Krankheit an ihn weitergab, um sich selbst von ihr zu befreien, sondern die Angst der Mutter, die plötzliche Panik der Alten, die sich in ihn fraßen, zu Schweiß und Fieber wurden und die Krämpfe auslösten, von denen er jetzt geschüttelt wird. Als die junge Frau voller Entsetzen vor dem ersten Wort des Kindes zurückwich und als die Alte die Hand nach ihr ausstreckte und zugleich mit einem Angstschrei den Knaben Lullo an sich zog — in diesem Moment geschah die Ansteckung. Im Schrecken über diesen Schrei holte er sich die Krankheit, sein Körper öffnete sich ihr, um sie aus den Händen von Mutter und Großmutter zu empfangen. Aus deren Geist floß sie in seinen. Aber die alte Frau glaubt — und impft es auch der jüngeren ein —, der Geist des Kindes habe all dies aus Boshaftigkeit bewirkt. Und sie verflucht die Mutter Lullos, weil sie sich durch Weichheit und Mitleid zum Boten der Krankheit gemacht hat. Indem sie sich abwandte, um das Kind zu pflegen, opferte sie ihm das Leben ihres eigenen Sohnes. Sie ließ es zu, daß der Todesatem von einem zum anderen überwechselte.

Stündlich sinkt Lullo tiefer ins Delirium, schreit, murmelt, stößt dasselbe Wimmern und Klagen tierischen Schmerzes aus wie zuvor das Kind. Er ringt, so glauben die Frauen, mit demselben Tierdämon, der sich seiner bemächtigen will, um Eintritt bei uns zu erlangen. Unterdessen kommt mein Junge, der nichts von alledem wahrnimmt, langsam wieder zu Kräften. Heute sitzt er aufrecht — er ist noch zu schwach, um sich auf den Beinen zu halten. Aber er ißt wieder. Und lächelt.

Selbst Ryzak betrachtet die Genesung des Kindes mit schelem Blick. Auch in seinem Gesicht sehe ich die tiefe Angst, dies alles sei das Werk des Kindes. Aber wie die Frauen ist er so von der Sorge um seinen Enkel besessen, daß er nur vor sich hinstarrt und brütet. All seine Gefühle richten sich auf seinen kleinen geschwächten Enkel auf den Binsen, dessen Hände sich bei den dicht aufeinanderfolgenden Krämpfen zu Fäusten ballen, während das Fieber abwechselnd Feuer und Eis durch seinen Körper jagt. Erst wenn die Krankheit den Jungen losläßt, wird sich das Entsetzen des alten Mannes in Groll und Haß gegen uns entladen. Fünf Tage und fünf Nächte kauert er neben dem Lager auf dem Boden, die Schultern nach vorn gebeugt, mit starrem Gesicht, die Wangen hin und wieder von einer Träne befeuchtet, während der Junge neben ihm wimmert. Ich versuche mich unsichtbar zu machen und das Kind mit mir zu nehmen. Die junge Frau, die Mutter des Jungen, ist von Sorge und Schuldgefühl jetzt so betäubt, daß sie, die Tücher tief ins Gesicht gezogen, nur noch dasitzt, ihren Jungen anstarrt und ihn mit ihren Gedanken ins Leben zurückzwingen will. Es ist die alte Frau, die ihn pflegt. Ich weiß, falls der Junge stirbt, werden all die dumpfen Gefühle, die um uns brüten, in Gewalt ausbrechen. Ich werde dann nichts tun können, um das Kind oder mich zu schützen. Dösend warte ich darauf, daß es geschieht. Daß das heisere, ihn selbst zerreißende Wutgeschrei Ryzaks auf uns niederprasselt, daß die Gewalt, die jetzt den Jungen schüttelt, den Körper des alten Mannes packt und dann uns trifft — zuerst das Kind und danach gewiß mich, falls ich es zu schützen versuche.

Aber wunderbarerweise geht die fünfte Nacht vorüber, und der Knabe Lullo lebt. Als der Morgen naht, höre ich die alte Frau kleine glucksende Laute von sich geben, sie spricht zu dem Jungen, als könnte er sie schon verstehen, und rüttelt Ryzak aus seinem Halbschlaf, in den er gefallen ist, am Boden hockend, der

Kopf vornübergeneigt, der Rücken aber kerzengerade aufgerichtet. Ryzak klatscht in die Hände und stößt heftige Schreie unbändiger Erleichterung aus, neckt den Jungen, so denke ich mir, weil er ihnen allen solche Sorgen gemacht hat, läuft in die Mitte des Raums, grinst und winkt mir zu. Seine Furcht und sein Groll sind verschwunden. Er geht zum Fenster und schiebt die Riegel zurück. Helles Licht flutet in den Raum. Es ist einer jener klaren, weißen Tage, in denen weißglitzernd unter einem Himmel von wolkenlosem Blau die ganze Landschaft sichtbar wird. Der plötzliche Strom frischer, kalter Luft in dem Raum ist außerordentlich. Ryzak reckt sich, stößt noch einen gewaltigen Schrei aus, während er seine Arme weit dem Himmel öffnet, dann taumelt er zurück in den Raum, rollt sich auf dem Binsenhaufen, der sein Bett ist, zusammen und schläft sofort ein — sein erster tiefer Schlaf seit fast einer Woche. Auch die Mutter des Jungen schläft ausgestreckt auf dem Boden. Nur die Alte, die keine Müdigkeit kennt, kräht unaufhörlich am Lager des Knaben, schiebt ihm von einem Teller Leckerbissen in den Mund, lacht immer wieder vor sich hin und ein oder zweimal ruft sie sogar mir etwas zu, aber was sie mir in ihrer Zahnlosigkeit sagt, verstehe ich nicht.

Die Gefahr ist vorüber. Wir haben es überstanden. Plötzlich spüre ich, wie erschöpft ich bin. Eine Woge von Müdigkeit überkommt mich. Ich schaffe es nicht einmal, die zwei Schritte bis zu meinem Binsenbett zu kriechen, sondern lasse mich vor der Lichtflut aus dem Fenster zurücksinken und schlafe ein.

Das Schlimmste liegt hinter uns. Der Tag der Wintersonnenwende kam und ging, wir verlassen den dunkelsten Teil des Jahres, berühren schon seine Grenze. Die Erde schwingt sich wieder dem Licht entgegen, und indem die Tage länger werden, hebt sich auch meine Stimmung. Immer häufiger öffnen Phasen von ruhigem, klarem Wetter die ganze Landschaft unserem Blick. Das Meer glitzert, die ersten Vögel kehren zurück, in stillen Nächten hören wir das Eis des Flusses knirschen.

Endlich können wir uns auch wieder durch das ganze Haus bewegen. Ich steige mit dem Kind hinunter in den Stall, wir setzen uns zu den Tieren, hören im Halbdunkel das Schnaufen und Schmatzen, das Geschiebe ihrer Leiber, das Aufplatschen dampfender Dunghaufen, die einen beißenden Geruch verströmen, der uns jedoch nach der schalen Luft im oberen Raum fast willkommen ist. Wir spüren die Wärme ihrer zusammengepferchten Leiber. Sie werden schon unruhig, wittern den Frühling. In zwei oder drei Wochen, wenn das Eis weggeräumt ist, werden sie wieder auf die Felder getrieben. Jeden Tag machen sich die Männer damit zu schaffen, Gänge in das Eis zu schlagen, den meterhohen, gefrorenen Schnee wegzuschaufeln, der die schmalen Wege zwischen den Hütten versperrt, und die Höfe freizuräumen, so daß die Außenhütten wieder erreichbar werden. Sogar das Dach meiner kleinen Hütte kommt allmählich unter dem Schnee zum Vorschein. Bald werden wir, das Kind und ich, wieder dorthin ziehen und unser altes Leben aufnehmen. Und dann, in ungefähr einem Monat, kehren wir zu unserer Insel im Morast zurück, zu den Vögeln, den Faltern, den Raupen des neuen Frühlings, zu den Vokalen und

Konsonanten, die das Kind schon fast vergessen hat, so lange haben wir sie schon nicht mehr geübt. Aber auf dem Grunde seiner Seele liegen noch die Worte. In einem verborgenen Winkel seines Wesens — tiefer noch als der Schlaf — hat er begonnen, mit sich selbst zu sprechen und eines Tages, ich weiß es, wird er auch zu mir sprechen.

Wir gehen jetzt jeden Tag hinunter in den Stall, in dem Raum darüber mit den anderen ist es unerträglich geworden. Wir werden nur noch mit böser Miene geduldet. Und nur deswegen, weil Ryzak für mich verantwortlich ist.

Seit den Ereignissen der letzten Wochen ist seine Stellung im Haus tief erschüttert. Die alte Frau regiert jetzt. Ihr Zauber war es, der dem Knaben Lullo das Leben rettete — das rechnet sie Ryzak unentwegt vor und lamentiert, seine einfältige Gutgläubigkeit und das Mitleid der jungen Frau hätten sie alle an den Rand des Untergangs gebracht. Lullo ist schließlich sein einziger Enkel. Wenn er ihn nun betrachtet, dann mit einem geschärften Sinn dafür, wie gefährdet das Kind ist, wie gefährdet *er* ist. Ihm scheint zu dämmern, wie wenig ihm seine Körperkraft nützt, wie wenig sie im Augenblick der Gefahr ausrichten konnte. Es ist, als hätte die alte Frau endlich einen Weg gefunden, seinen Geist zu vergiften und ihm die männliche Kraft wieder zu entwenden, die sie ihm einst schenkte und die all die Jahre hindurch die Quelle seiner Macht über sie war. Es gibt Momente, in denen er in ihrer Gegenwart wieder zum Kind wird. In dem Gesicht der Alten liegt eine tiefe Feindseligkeit gegenüber diesem sechzigjährigen Mann, der sie so lange beherrschte und der doch als Säugling schon einmal ganz in ihrer Macht war. In ihre Feindseligkeit mischt sich ein neues Gefühl von Triumph. Das Haus ist erfüllt von dem Glühen ihres Zaubers, dem Geruch ihrer Kräuter, ihren Aufgüssen und dem Gebrabbel ihrer endlosen Sprüche.

Beim ersten Vollmond wird sie im Hain der Frauen außerhalb des Dorfes aus Dank für das Überleben des Knaben ein Opfer bringen. Ryzak geht allein fort, um das Opfer zu holen: ein wildes Hundejunges, dessen Eingeweide auf einem Altar von Torf verbrannt und dann der dreiköpfigen Hekate dargebracht werden. Der Knabe Lullo will mit ihm gehen, wird aber abgewiesen. Das Junge wird Ryzak sich unter den wilden Hunderudeln aussuchen, die halb Bastarde, halb Wölfe im Unterholz außerhalb des Dorfs umherstreifen und die, da auch sie heilig sind, von Zeit zu Zeit von der Palisadenbrüstung aus mit Abfällen gefüttert werden. Magere, grauschwarze Kreaturen, nichts als Rippen, fallen sie über die Fleischstücke und das ranzige Fett her und stehlen sich dann wieder ins Gestrüpp davon.

In einem kleinen Weidenkorb bringt Ryzak das Hundejunge ins Haus. Zehn Tage lang, bis zum Vollmond, wimmert es in einer Ecke des Raums und wird zu einer Quelle entsetzlicher Qualen für das Kind. Als ich in der Nacht aufwache und das leise Weinen höre, denke ich, es sei der Junge selbst, aber dann sehe ich ihn im Dunkel über den Korb gebeugt und höre, wie er das Winseln des Tieres mit seinem eigenen Winseln beantwortet. Es kostet mich große Mühe, ihn zurück auf seine Strohmatte zu ziehen. Die ganze Zeit spüre ich die Blicke der Alten auf uns, die stocksteif in ihrer Ecke sitzt und uns nicht aus den Augen läßt; ich fühle, wie sie innerlich lächelt.

Weiß das Kind, was sie plant? Hat sie das kleine Wesen absichtlich so früh hierhergeholt, damit die beiden, das Kind und das Opfertier, in Verbindung miteinander treten? Ist die Zeremonie, die sie vorbereitet, vielleicht gar kein Dankopfer für das Überleben des Knaben Lullo, sondern dazu bestimmt, das Kind zu vernichten?

Mit dem Näherrücken des Vollmonds wächst die Qual des Jungen von Tag zu Tag. Ich fürchte schon, er könnte einen Rückfall in sein Fieber bekommen. Das kleinste Winseln des Hundejungen läßt ihn erzittern, und wenn ich ihn davon abhalte, zum Korb hinüberzugehen, antwortet er diesem Lebewesen aus seiner Ecke mit Klagelauten von genau der gleichen Tonhöhe, worauf die alte Frau ihr wildes krächzendes Lachen ausstößt. Wittert das Tier, was geschehen wird? Erzählt es dem Jungen davon? Ist er so verstört, weil in dem Raum endlich ein Geist gegenwärtig ist, der dem seinen verwandt ist? Wird ihm durch die Qual des Tieres von neuem der Verlust seiner eigenen Freiheit bewußt? Oder liegt es am Mondlicht, das mit jeder Nacht heller wird? Seit fast einer Woche nun haben wir klares Wetter; wir schlafen schon mit geöffneten Verschlägen. Das Mondlicht steht im Raum und taucht die vertrauten Gegenstände in ein geisterhaftes Blau, in eine vom Schnee aufscheinende Lichtflut, die dicke, fast fühlbare Schatten wirft.

Schließlich ist es so weit. Als sich der Vollmond am Himmel zeigt, gehen die beiden Frauen hinaus, den Knaben Lullo in ihrer Mitte. Ryzak trägt ihnen den Korb bis zum Hoftor, dann steigt er wieder die Leiter hinauf und ermuntert mich zu einem Spiel mit dem Brett und den Holzklötzchen.

Vom Fenster aus beobachte ich, wie sich der Trupp der alten Frau zwischen den Hütten entlangbewegt, bei jeder vergrößert sich ihre Gefolgschaft. Zum Schluß werden sich alle Frauen des Dorfes in dem Hain versammeln. Keinem Mann ist es erlaubt, ihren Zeremonien beizuwohnen. Dies sind die Geschäfte des Mondes, es ist die Welt der weiblichen Kräfte und der Frauenriten, die viel älter und rätselhafter ist als die Welt der Männer. Ich beuge mich mit Ryzak über das Holzbrett. Während wir die kleinen Klötze hin- und herschieben, wirkt er eigenartig beklommen. Nach einer Weile kommen die Frauen schweigsam zurück, immer noch umhüllt von jener unbekannten Macht, die der Mond über sie hat, der heute wie bei den monatlichen Gezeiten ihres Körpers an ihnen zerrt, in ihnen zunimmt, abnimmt, über der Dunkelheit brütet und all die Dinge, die wir bei Tag in weicherem, verschwommenerem Licht sehen, verwandelt. Plötzlich, ohne ein Wort zu sagen, zieht Ryzak sich auf seinen Strohsack zurück. Das Schweigen der Frauen bedrückt ihn. Der Junge, der sich nicht gerührt hat, seit das Hundejunge fortgebracht wurde, hockt, tief in einen der Trancezustände seines Körpers versunken, in der Ecke und weigert sich zu schlafen. Die ganze Nacht spüre ich eine merkwürdige Veränderung im Raum. Zuerst denke ich, sie käme vom Vollmond, merke dann aber, daß sie von dem eigenartigen Wachtraum des Jungen ausgeht und von der Erstarrung der Alten. Die ganze Nacht hockt sie da, mit aufgerissenen Augen blind vor sich hinstarrend, mitten im Licht des Mondes, während sie seine Kraft tief in sich aufsaugt. Hin und wieder seufzt sie, so als atme in ihr ein anderes, stärkereres Wesen als sie selbst.

Am Morgen liegt ein Hauch von Bedrohung und Fremdheit im Raum.

Ryzak wurde über Nacht von einer Krankheit befallen, es ist nicht dieselbe, die die Kinder hatten. Sein Körper bäumt sich in wilden Zuckungen, windet sich, sackt zusammen, schwillt an. Als die alte Frau ihn untersucht, findet sie genau das, was sie erwartet hat: den kleinen Halbkreis eines fast schon verheilten Gebißabdruckes auf seinem Handgelenk — die Wunde, durch die das Tier in ihn eingedrungen ist. Sie stößt einen durchdringenden Schrei aus, wirft die Hände über dem Kopf zusammen und bricht in ihre Todesklage aus.

Das war es, was sie mit den Ritualen der letzten Nacht hatte abwenden wollen. Aber ihr Zauber hatte versagt. Der Knabe Lullo war gar nicht in Gefahr gewesen, sondern der alte Mann. Lullos Krankheit war nur ein Ablenkungsmanöver. Nun ist sie erst recht davon überzeugt, daß das Kind alles Unglück über sie gebracht hat. Der Dämon hat am Ende doch von ihm abgelassen und sich in den Körper des alten Mannes geschlichen, auf dessen Lippen nun Flecken von Weiß getreten sind, wie der Schaum vor dem Munde eines Pferdes, das zu schnell geritten wurde. Das wilde, tierische Knurren und Brüllen, das seinem Körper entweicht, läßt einem die Haare zu Berge stehen. Stunde um Stunde krümmt sich sein Körper mehr zusammen, aus seiner Kehle dringt ein tiefes Brummen, das nichts ähnelt, was ich je in meinem Leben gehört habe und das jahrhunderteweit von menschlicher Sprache entfernt scheint. Zwischen den Anfällen von Raserei versteift sich sein Körper, alle seine Glieder sträuben sich dagegen, jene unbekannte Bestie aus seinem Körper ausbrechen zu lassen, die sich in ihm gebiert — mit vier behaarten Läufen, mit Reißzähnen in der Schnauze und Kiefern, die sich im rohen Fleisch der Dinge festbeißen. Das Ende ist unabwendbar, schon vom ersten Moment an war es abzusehen. Sogar ich erkenne das. Es ist wie in einem Alptraum, als gerieten wir alle plötzlich in den Strudel dieses Körperdramas, würden mitgerissen von seinem schrecklichen Verlauf — der Umwandlung menschlicher Kraft in ihr tierisches Gegenbild. Wir alle sind so im Sog dieses Alptraums, daß wir meinen, in unserem Schlaf aufzuwachen und uns nicht in diesem Raum, sondern in einem Käfig wiederzufinden, und die Luft darin ist das Fauchen der Bestie, das zugleich unser Atem ist, und auch der Gestank des Viehs ist der unsere, und sein Knurren ist das Würgen in unserer Kehle, die aufschreien und den Traum von uns abschütteln will.

Der Schamane wird gerufen. Auch er muß seine Ohnmacht eingestehen, wirft nur einen Blick auf das graue, wölfische Gesicht des alten Mannes, weicht entsetzt zurück, schüttelt den Kopf und flieht zusammen mit all seinem Zauber, ehe auch der zersetzt wird.

Es kommt alles so plötzlich, ist so übermächtig. Wir sind betäubt, unfähig, wieder in die Wirklichkeit vorzustoßen. Fünf Tage lang währt das Rasen. Der Geist des alten Mannes kämpft und windet sich, seine Kraft scheint unerschöpflich. Als die junge Frau versucht, seinen Mund mit Wasser zu befeuchten, dringt ein schreckliches Würgen aus ihm hervor, so als ob eine neue Sprache sich den Weg über seine Lippen bahnen wolle. Die Muskeln seiner Kehle ziehen sich zusammen, um den neuen Ton herauszupressen, aber er will nicht entweichen. Es ist, schreit die alte Frau, das Tier, das versucht, seinen Namen zu sagen — das unbekannte

Monstrum, das all die Jahre hindurch das Kind säugte und nährte, es nun losgelassen hat und in dem alten Mann seine Wiedergeburt erfährt.

Am fünften Tag schließlich wird er still. Die plötzliche Ruhe nach all den Stunden der Raserei ist erschreckend. Wir halten den Atem an.

Er ist nicht tot. Noch hebt und senkt sich seine Brust; aber die Bestie sinnt auf neue Beute. Die Augen der Alten schießen hin und her, lauern auf ein Anzeichen für die Gegenwart der Bestie — einen Luftzug vielleicht, den sie verursacht, während sie auf allen vieren durch den Raum schleicht, so dicht an uns vorüber, daß die Berührung ihres Fells unsere Haut prickeln läßt. Kein Ton, keine Bewegung. Nur das Heben und Senken unseres Atems. Das Kind klammert sich an mich, scheint selbst einem Anfall nahe. Unentwegt irren die Augen der Alten durch den Raum. Sie tastet mit den Händen durch die Luft, alle Finger gespreizt. Minuten vergehen, Stunden. Wir sind erstarrt. Von Entsetzen gelähmt.

Auch was nun folgt, geschieht wie im Traum: unsere Vertreibung aus dem Raum, die Ankunft der Männer, die Ryzaks Geist aus dem Haus geleiten werden, meine Flucht zusammen mit dem Kind über das Dach hinab ins Dunkel meines vom Schnee eingeschlossenen Sommerquartiers, von wo aus ich auf das lausche, was im Hof vor sich geht.

Die Frauen des Dorfes, jedenfalls so viele, wie auf dem kleinen Hof Platz finden, haben sich versammelt, um die fremden Geister zu verscheuchen, die unmittelbar hinter dem Zaun darauf lauern, den Geist des alten Mannes auf seinem Flug durch die Luft an sich zu reißen. In schwere Umhänge gehüllt, die nur ihre Augen und Hände im Dunkel erkennen lassen, kauern sie im Schnee, wiegen sich auf ihren Schenkeln vor und zurück und schlagen mit ohrenbetäubendem Gleichklang die Heiligen Steine aufeinander, die sie wegen ihrer Weiße und Glätte am Flußbett gesammelt haben und die nur diesem Zweck dienen, die Ohren der Bösen taub zu machen für die Schreie des alten Mannes, so daß der letzte, der Todesschrei, unbemerkt bleibt und seine Seele an ihnen vorbei in die Nacht entschlüpfen kann.

Jedem Klacken der Steine folgt ein schrilles Aufheulen der Frauenstimmen, dann drei kurze Schreie, wie die des Habichts — so beginnt es, dann beschleunigen sich die Schläge zu einem rasenden Stakkato, für meine unkundigen Ohren kaum als Rhythmus zu erkennen, aber immer noch ist jeder Stein im Gleichklang mit den anderen. Und während die Steine immer rasender gegeneinanderschlagen, begleiten die Stimmen sie mit einem dröhnenden *om om om* — nur diese eine Silbe, die sich endlos wiederholt, so als ob die Erde selbst aus einer ihrer Klüfte mit vielen Mündern spräche.

Aus kleinen, über den ganzen Hof verstreuten irdenen Schalen steigt ein Rauch von Kräutern auf, wie ich ihn noch nie zuvor gerochen habe. Sein Duft in den Nasenflügeln läßt einen schwindelig werden. Das Weiß der Schneewände, das Schwarz der Figuren, die den ganzen Raum des Hofes ausfüllen, die hundert sich aufeinander zubewegenden Hände, das Dröhnen der Stimmen, das Klacken der Flußsteine — all dies versetzt den Kopf in eine Vibration, die die Sinne einlullt und dann betäubt. Ich fühle, wie ich von den Schatten im Hof angezogen werde, in sie eintauche und in die Klänge, die mein Ohr betäuben. Es ist, als sögen sie meinen Atem, meinen Herzschlag in ihren Rhythmus auf, als rissen sie mich auseinander, lösten mich auf, nähmen mir mein Selbst und meinen eigenen Willen.

Oben im Haus hat der letzte Akt der Zeremonie begonnen, dem die Frauen nicht beiwohnen dürfen und den das gewaltige Getöse übertönen soll. Ich weiß, was geschieht. Die Dorfältesten nehmen Ryzak gewaltsam das Leben, schlagen und pressen den letzten Atemzug aus seinem alten, zähen Körper, damit er als Kämpfer sterben kann. Würde er im Zustand kindlicher Hilflosigkeit dahinschwinden, so lieferte er sich den Dämonen aus, die dort im Dunkel herumgeistern und nur darauf warten, seinen Geist an sich zu reißen. Er wird mit Gewalt zu Tode gebracht. Nur auf diese Weise kann sein sterbender Geist die Kraft gewinnen, vor der die Dunklen erzittern werden. Nur auf diese Weise kann er unbehelligt seine Reise durch die Lüfte antreten.

Das alles währt ungefähr eine Stunde. Dann, endlich, erscheint einer der alten Männer am Fenster und hebt die Arme. Die Frauen verstummen, mitten in ihrer Bewegung halten die Hände inne. Nur die alte Frau, Ryzaks Mutter, stößt einen langen Schrei aus, einen einzigen Ton, den sie so lange hält, wie sie Atem hat, bis er schließlich von der jüngeren aufgenommen wird, und so fahren sie fort. Abwechselnd stimmen sie den Ton an und halten ihn mit der ganzen Kraft ihres Atems, während die Männer im Haus zu tanzen beginnen, mit ihren gestiefelten Fersen auf die hölzernen Bohlen stampfen. Es ist die Totenwache. Die Dorfältesten werden so lange tanzen und von dem berauschenden Wasser trinken, bis auch der letzte betäubt auf dem Boden liegt, wie der Tote. Lachend, miteinander scherzend, so als wäre niemand gestorben, straucheln sie hinaus in den Schnee, um gegen den Zaun zu pissen. Manche von ihnen sind so betrunken, daß sie sich kaum aufrechthalten können und sich mit einer Hand abstützen müssen. Auch das Gelage gilt den Dämonen der Luft. Die alten Männer lenken ihre Aufmerksamkeit ab, während einer von ihnen sich auf den Weg zu den Reitergräbern oben auf dem Plateau gemacht hat. Vielleicht ist der Geist Ryzaks dort schon angekommen und reitet im Dunkel um den großen Kreis. In zwei Tagen werden sie seinen Körper hinauftragen, damit er sich mit seinem Geist vereinen kann. Indessen kauern die Frauen im Schnee und warten. Wenn auch der letzte Tänzer zu Boden gefallen ist, werden sie ins Haus kriechen, den Toten zwischen ihnen herausholen, ihn waschen und für die Pfählung vorbereiten.

Inmitten von all dem habe ich plötzlich ganz klar vor Augen, was ich tun muß. Jetzt wo Ryzak tot ist, haben wir, das Kind und ich, hier keinen Schutz mehr. Im Augenblick haben sie uns vergessen. Während der Todesrituale und während sie sich mit den lauernden Dämonen beschäftigen, konnten wir uns heimlich wegschleichen. Erst wenn das letzte Ritual vollzogen ist, werden sie — vor allem die alte Frau — auf Rache sinnen, sich daran erinnern, daß es das Kind war, das all dies bewirkt hat, mit mir als freiwilligem oder unfreiwilligem Gehilfen.

Kurz vor Morgengrauen wecke ich das Kind. Die Frauen schlummern eng aneinandergedrängt im Hof, die Tücher tief in ihre Gesichter gezogen. Noch ist es leicht, an ihnen vorbei ins Freie zu schlüpfen.

Der Junge schläft noch halb, aber als wir die Marschen erreichen und an der Brücke zwischen dem Schilfrohr vorbeikommen, die zu unserer Insel führt, greift er plötzlich nach meiner Hand, lacht, und versucht, mich hinüberzuziehen. Er glaubt, daß wir nach fast vier Monaten nun endlich zu unserem alten Leben zurückkehren, zu unseren täglichen Lektionen im Morast, den Vogelrufen, und daß er nun wieder versuchen werde, aus seiner Kehle die Vokale und Konsonanten hervorzulocken, die so lange dort verborgen lagen und die er mit meiner Hilfe nun wieder finden kann. Er ist enttäuscht, als ich ihm zu verstehen gebe, daß wir weitergehen müssen.

Er zieht ein mürrisches Gesicht, schiebt seine Unterlippe vor und schlägt mir mit geballter Faust leicht gegen die Brust, um seiner Unzufriedenheit Ausdruck zu geben. Er wendet sich ab und bricht in Klagen aus. Fahles Licht liegt über dem Morast und dem trüben Wasser der Tümpel, das Eis auf den Pfützen leuchtet bläulich im Mondlicht. Im Schilfrohr säuselt es, der Mond gleitet durch die Wolken. Das Kind sehnt sich nach seinem Licht auf dem festen Boden, den wir hinter uns gelassen haben. Ich muß ihn am Umhang weiterzerren, seine Hand ergreifen und ihn führen. Schließlich scheint er zu spüren, daß dies kein Spiel und meine Weigerung, auf unsere Insel zu gehen, nicht Willkür ist. Denn er folgt mir nun, zieht nun sogar mich voran, und über die Marschen machen wir uns auf den Weg zum Fluß, von dem ich weiß, daß er irgendwo — zwei oder drei Tagesmärsche entfernt — im Norden liegt. Der Weg ist beschwerlich, das Gelände unwegsam — niemand wird hier unsere Spuren finden.

Mein Plan ist es, den Fluß zu überqueren, solange er

noch gefroren ist, und dann in die Steppe zu fliehen. Es ist ein verzweifelter Plan, aber ich weiß keinen anderen Ausweg. Irgend etwas in meinem Inneren sagt mir, daß ich diesen Weg gehen muß, daß er mir immer vorgezeichnet war.

Ich denke an meine Träume. An all die Nächte, in denen ich im Schlaf dort hinauswanderte, um in der Erde nach meinem eigenen Grab zu wühlen. Und an jenen Traum mit den gottähnlichen Reitern. Nun habe ich mich auf den Weg gemacht in das Unbekannte — das wirkliche Unbekannte, verglichen mit dem das Dorf Tomis lediglich ein etwas entlegener Außenposten unseres römischen Reiches ist. Ich weiß, ich folge dem deutlich vor mir liegenden Weg meines Schicksals. Über alle Grenzen hinauszudrängen, die, wie ich weiß, ja doch keine sind — was sonst sollte das Leben eines Mannes ausmachen? Besonders das eines alten Mannes, den ein unmißverständlicher Schicksalsschlag aus all der Bequemlichkeit und Sicherheit riß, die alte Männer so schnell dazu verurteilt, blind und taub zu werden, nichts mehr zu fühlen und zu wünschen und keinen Willen mehr zu haben. Was kann unser Leben anderes sein, als unentwegt von Neuem ins Unbekannte aufzubrechen, vom Rande des Bewußtseins abzuheben, einzutauchen in das Rätsel dessen, was wir noch nicht geworden sind, sondern nur ahnen in den Träumen, die uns von dort draußen zuwehen, uns den Duft von Inseln zutragen, die wir in unseren wachen Stunden noch nie gesichtet haben — so wie auf einer Seereise zuweilen die ersten blühenden Zweige, die gegen den Kiel schlagen, selbst im Dunkel schon Tage vorher das Neuland ahnen lassen, ehe das wirkliche Land auftaucht, uns zu empfangen.

Im hohen Alter bin ich tapferer geworden, endlich bereit für all die Verwandlungen, die wir durchlaufen müssen, wenn wir unseren schmerzenden Gliedern erlauben, ihre neue Form zu finden, die Kruste unseres Fleisches zu sprengen, den Baum aus uns hervorbrechen zu lassen, den Falter oder den Vogel hinauf in die Luft zu entlassen. Und was bedeutet der Tod anderes als die Weigerung, weiter zu wachsen und sich zu verwandeln?

Ich mag schwach und töricht sein, aber ich habe überlebt. Ich bin der letzte Dichter unseres Zeitalters, ich existiere noch, und selbst hier draußen, jenseits der Grenzen unserer Sprache, arbeite ich noch, auch in der Stille. Jeder alte Mann muß am Ende bereit sein, sich von seinem Sterbebett zu erheben und sich in das Unbekannte hinauszuwagen, um wieviel bereitwilliger muß dann der sein, der an jedem Tag seines Lebens dieses Sichhinauswagen geübt hat, und sei es in der Stille seines eigenen Gartens. Ich meine den Dichter.

So stolpern wir, das Kind und ich, auf diesen rätselhaften Gewässerbogen zu, dessen Name, seit ich denken kann, für mich die Grenze unserer römischen Welt markierte und dessen Silben *Is-ter** schon damals, als solche Vorstellungen noch bloße romantische Spielerei waren, in meinem Innersten einen Schauer auslösten, der jetzt endlich Wirklichkeit erlangen wird. *Is-ter. Is-ter.* Letzte Grenze meines Lebens. Schon als meine Augen dich zum ersten Mal auf den Landkarten sahen, warst du da, hast auf meine Ankunft gewartet — geduldig, Jahr für Jahr. Wieviele Schritte ich mich auch von dir im Geiste und in Wirklichkeit entfernte, du

* untere Donau

bliebst dort, gefrorst, brachst auf, um wieder zu fließen und flüstertest mir zu: *Ich bin die Grenze, die du überschreiten mußt, um dein wahres Leben zu finden und schließlich deinen wahren Tod.*

Als nachgeborener, verhätschelter Sohn eines reichen Landbesitzers, in meinem weichen, kleinen Schaukelbett in Sulmo schlummernd — wie hätte ich das ahnen sollen? Was hatte ich zu schaffen mit diesem letzten Strom am Ende der Welt? Im Garten einer Großstadt exotische Romanzen kritzelnd — wohlgenährt war ich, sprach und scherzte mit jedermann, wobei der rote Wein mir die Zunge löste und meine Phantasie beflügelte, die so extravagante Fabeln ersann über das Unbekannte — warum hätte ich auf sein Rauschen in meinem Hinterkopf hören sollen, auf das Knirschen seiner Eisschollen, das Getöse, mit dem er aufbricht zum tausend Meilen weit entfernten Meer? Nun endlich im frühen Licht eines Spätwintermorgens, schon nahe dem Frühling, mache ich mich auf den Weg über die eisglitzernden Sümpfe. Mit mir ziehe ich das Kind, das ich am Endpunkt meines Lebens wiederfand. Auf halbem Weg in der weißen Marsch halte ich inne und lausche, ob vom fernen Horizont, wo die Seevögel kreisen, das Rumpeln seiner Eisschollen schon zu vernehmen ist.

Die Zeit ist gekommen. Hoch im Norden, in der Weite des sich zum Pol hinziehenden Graslandes liegt der Ort, von dem ich so oft in diesen Jahren der Verbannung geträumt habe, den ich im Schlaf unter mondbeschienenen Wolken schon betrat. So ist das Land, in das ich nun komme, mir nicht mehr fremd.

Vor mir, endlich, nach all diesen Jahren, liegt der Fluß. *Is-ter.* Magische Silben, geboren aus meinem eigenen gefrorenen Atem. In den letzten Tagen vor dem Aufbrechen des Eises wartet er darauf, überquert zu werden. Als das Kind und ich ihn im Mondlicht betreten, sind wir wie betäubt von dem Lärm, dem Ächzen und Krachen und Knirschen unter uns. In der Mitte des glitzernden Eises angelangt, können wir weder das Ufer, das wir verlassen haben erkennen, noch das Land, das irgendwo vor uns liegt. Bis endlich meine im Schneelicht blinzelnden Augen die feine, dunkle Linie am Horizont ausmachen, wo die Erde wieder fest wird.

Einmal, ungefähr in der Mitte des Flusses, überkam mich die kalte Angst, daß dort drüben kein Ufer wäre, nur unendlicher Horizont und daß all die dunklen Geschichten über das Grasland und seine furchtbaren Reiterhorden nur Ausgeburten unserer Phantasie sind, es auch damals waren, als die Barbaren über die Brücke aus Eis auf uns losdonnerten und wir unser eingeschneites Fort gegen sie verteidigten.

Aber das Land geht weiter. Auch jenseits des Ister. Dort drüben beginnt eine andere Welt.

Wir haben ihr Ufer erreicht und schicken uns an, sie zu betreten.

V.

Keine Träume mehr. Wir sind über sie hinaus in die letzte Wirklichkeit gelangt.

Unter dem ersten Hauch des Frühlings wiegt und kräuselt sich das Grasland wie das Meer. Und während wir es durchwaten, die Gräser mit den Armen zur Seite streichen, ist es eher ein Hindurchfluten als ein Gehen. Keine Orientierungspunkte, so weit das Auge reicht. Über uns die Unermeßlichkeit des blauen Himmels, nur weit am Horizont winzige Wolken.

Jenseits des Flusses, in dem Buschland, das wir hinter uns gelassen haben, schien der Mangel an Dingen, auf die sich das Auge richten konnte, den Geist zu veröden. All die Jahre über sehnte ich mich nach einer Unterbrechung des Horizonts, nach den schlanken, dunklen Zypressen meiner Heimat, nach einem von der Sonne durchfluteten Kastanienbaum, nach dem Licht im Zartgewebe der Blätter, dem leuchtenden Grün. Hier nähren die Unermeßlichkeit und die Leere den Geist, kein anderer Hunger bleibt als der nach noch mehr Raum und noch mehr Licht — es ist, als erblickte man für einen kurzen Augenblick die Größe und Leere der eigenen Seele, mache Friede mit ihr und jubele endlich ob ihrer grenzenlosen Freiheit.

So bewegen wir uns wie in einer anderen Hemisphäre. Selbst die Luft ist anders, steigt dünner in den Kopf, so wie manchmal auf einem Berggipfel. Selbst meine Knochen scheinen mir leichter. Obwohl ich nach den langen Tagen unserer Wanderung gen Norden in den Himmel hinein schon fast über den Punkt von Müdigkeit hinaus müde bin, empfindet mein Körper keinen Schmerz, eher eine eigenartige Ferne von sich selbst. Manchmal meine ich mich auf zwei verschiedenen Planeten gleichzeitig zu bewegen. Von hoch oben blicke ich auf uns herab, zwei winzige Figuren, die das Grasland durchschneiden, es mit einer in kräuselnde Schatten zerfließenden Linie durchziehen, so wie ein Schwimmer das Wasser. Von solcher Höhe aus ist die Müdigkeit des Körpers wie ein Nichts. Der körperliche Schmerz existiert, aber aus dieser großen Entfernung empfinden wir ihn nicht, so wie wir auch einen Schrei von dort unten nicht hören könnten. Der Geist läßt den Körper gewähren, aber er folgt ihm nicht. Unsere Körper ziehen nach Norden, durchtrennen der Gräser Licht, aber unser Geist weitet sich aus, wird eins mit der ganzen Landschaft, so als wäre die Unermeßlichkeit des Raums seine wahre Dimension; er umfaßt die ganze Weite von Horizont zu Horizont und das Wolkengewölbe, dessen Beschaffenheit die reine Luft ist, eine Unzahl von Lichtpartikeln, jedes einzelne ein eigenes Zentrum, von dem aus das Ganze auf einen Blick erfaßt werden kann. Von diesem erhabenen Standpunkt aus sehe ich zwei winzige Figuren, die das Kind und ich sind. Von einem Punkt weit voraus sehe ich uns herankommen. Von einem Punkt, der schon

Tagesmärsche hinter uns liegt, sehe ich, wie wir uns entfernen.

Am Abend bewegen sich große Schatten über die Hügel, tauchen in die Senken ein und vertiefen die Schluchten, die, als wir uns ihnen nähern, doch ganz sanft sind. An stillen Tagen hört man nur das Geräusch von Flügeln, das Gesurr der Insekten um uns, die sich an den Graswurzeln zusammendrängen oder in der Luft flimmern. Wenn der Nordwind bläst, friert es und die ganze Landschaft brodelt. Wir verkriechen uns wie die Insekten unter den Wurzeln und lassen die große Woge über uns rollen. Aber wenn der Südwind weht, ist es warm, und wir fühlen das Ende des Winters. Überall sehen wir schon die ersten Zeichen des Frühlings: kleine wilde Blumen tief im Gras, Raupen, die das Kind sammelt und von denen wir uns ernähren. Die ersten Vögel kommen in Scharen zurück zu den reifenden Gräsern — als große Schatten überziehen sie den Himmel, stehen wie eine tiefe Wolke über dem Hochland oder flattern auf und strömen in Trichterform von uns fort, wenn wir in ihre Welt hineinwaten und sie bei der Nahrungssuche stören.

Hier endlich sind wir in der Welt des Jungen. Er taucht freudig in sie ein, zieht mich mit sich, und am Rande unseres Wegs findet er ständig Überraschungen, auf die er zuspringt, als wären es Dinge, die er verlegt hatte und nun ganz unerwartet wiederfindet. Er bringt mir Vogeleier, hält sie vorsichtig umwölbt in seiner Hand, zeigt auf die Sprenkel und stößt kleine Rufe aus, um mir zu erklären, von welchem Vogel sie sind. Hin und wieder gibt er mir aus einem Gelege von sechs oder sieben eines zum Aussaugen, steckt einen Grashalm hinein und lehrt mich, ihm die Nährkraft zu entlocken.

Er gibt mir Körner zu essen, Halme zum Kauen. Er findet Wurzeln, die süß sind, und Knollen, die er mit seinen Nägeln ausgräbt, mit dem Daumen säubert, damit ich sie kauen und schlucken kann, führt mir mit seinen starken Zähnen vor, wie man sie schält, zu einem Brei zerkaut und die zähen Fasern ausspuckt. Er entdeckt eine Malvenart mit einem Tropfen Honig im Kelch, er wirft seinen Kopf zurück, spitzt seine Zunge, um den kleinen, klebrigen Klumpen herauszuholen, und lacht, als ich es auch versuche. Während wir immer weiter gehen, sind seine Augen überall, entdecken alles, was eßbar ist und uns am Leben halten wird.

Die Tage vergehen. Ich habe aufgehört, sie zu zählen. Der Fluß liegt weit hinter uns.

Hin und wieder sehen wir auf der Kuppe eines weit entfernten Hügels Reiter auftauchen, den Hang hinunterreiten, während sich hinter ihnen das Gras teilt und verdunkelt — wohin sie ziehen, wissen wir nicht. Noch nie kam einer in unsere Nähe.

In der Nacht wache ich ein oder zweimal auf und sehe den Jungen hoch aufgerichtet, angespannt horchend neben mir sitzen. Ich kann nichts hören, aber ich weiß, worauf er lauscht. Die Wölfe um uns. Wenn einer sich nähert, erhebt er sich langsam, leise, sein Umriß groß vor der Dunkelheit, und holt kleine knurrende Töne aus seiner Kehle hervor. Ich sehe die Augen des Tieres grünlich aufblitzen, während es sich abwendet und wegtrottet.

Ich frage mich nicht mehr, wohin wir gehen. Ein Ziel zu haben, scheint mir nicht mehr notwendig. Diese Vorstellung ist von der Unermeßlichkeit der Weite aufgesogen worden, so wie auch die Tage von dem Gefühl aufgesogen werden, daß nun ein Leben jenseits der Grenzen meßbarer Zeit vor mir liegt. Ist es dies, was der Schamane empfindet, wenn er den Kreis durchbricht, den er mit eigener Hand um sich gezogen hat und in dem sein Körper kauert? Ist es dasselbe Sichhinauswagen in einen Raum, der keine faßbaren Dimensionen hat, das Eintauchen in eine Zeit, die — nach menschlichen Maßstäben — vielleicht nur wenige Minuten währt, aber zugleich die Ewigkeit ist? Ist dies das Land, das sein Geist auf dem Weg zum Pol überfliegt? Ist es der Pol, der weit in der Ferne am Rande dieser Grassteppe liegt? Gehen wir ihm entgegen, das Kind und ich? Und wie lange braucht man, um dorthin zu gelangen? In wessen Trance mache ich diese Reise? Und wer ist mein Begleiter?

Ich stelle mir diese Frage, während ich den Jungen beobachte, der ganz dicht neben mir geht, nackt, wie immer in den letzten Tagen. Plötzlich in der Stille hält er inne, stellt sich auf die Fußspitzen, und sein ganzer Körper lauscht auf etwas, das im Gras vor uns ist. Wer ist dieses Kind, das mich tiefer in die Erde hineinlenkt — mich fortholt von dem entfernten geborgenen Ort, wo ich einst begann, von den grünen Feldern in Sulmo, fort von dem letzten besiedelten Außenposten der zivilisierten Welt und auch von der Sprache —, mich hineinführt in das seufzende Grasland, wo Schweigen ist. Woher kam dieser Junge? Aus welcher Zeit? Habe ich ihn dort draußen in den Birkenwäldern wirklich entdeckt? Oder war er es, der mich entdeckte oder wiederentdeckte, weil er meine Entfremdung von der Welt der Menschen erkannte. Ist er das Kind meiner frühen Kindheitstage dort in Sulmo? Ist es dasselbe Kind? Gibt es nur eins? Und wohin führt der Junge mich, denn ich weiß jetzt, daß *er* uns lenkt. Nun ist er es, der mich in die Rätsel einer Welt einführt, die ich bisher nie verstanden habe. Unser gemeinsamer Weg, wie wir da Seite an Seite durch die hohen Gräser waten, ist ein Gespräch, das keiner Worte bedarf, ein vollkommenes Hin- und Herfließen von Wahrnehmungen, Stimmungen, Fragen, Antworten — so wie ein Wolkenschatten über die Landschaft oder über die Oberfläche eines Tümpels gleitet, entströmen Gedanken dem Geist des einen und berühren den des anderen — Wolken und Schatten — ohne Silbe, Wort, Satz. Es ist, als spräche man zu sich selbst, als ob ein Gedanke von einer Seite des Kopfes auf die andere wechselte, die ihn schon lange ehe er dort ankommt an seinem Glühen erkennt, die Schatten seines Lichts schon empfangen hat.

Ich werde körperlos. Ich verwandle mich in die Landschaft. Ich spüre, wie ich mich wiege und säusele, fühle, wie ich mich zum blauen Rund des Himmels ausdehne. Ist er unser Ziel?

Nun, da ich im Begriff bin, sie zu verlassen, ist mir die Erde endlich nah. Ich wache auf, und um mich — so ungeheuer groß vor meinem Augapfel, daß ich meine, zwischen Baumstämmen hindurch in einen unbekannten Wald zu blicken — sind die Graswurzeln, und zwischen ihnen die unermeßlich große Zahl kleiner Erdklümpchen, die sie zusammenhalten und die ich so deutlich erkenne, daß ich plötzlich verstehe, wie die Kraft der Erde durch die goldenen Stengel hinaufströmt. Sie sind so durchsichtig, diese feinen, langen Halme, daß man meint, den Saft in Blasen in ihnen aufsteigen zu sehen. Sie sind Säulen von Licht, aufgereckte Kanäle, durch die die Erde sich ihren Weg zum Himmel bricht. Und am Ende der Halme, so weit entfernt, daß sie mir unerreichbar erscheinen, ihre gefiederten Köpfe, die sich in der Brise neigen und aufrichten, und in deren süße Samen die ganze Fülle der Erde aufsteigt.

In den Wurzeln der Gräser suchen, wie in einem Wald, die kleinen Kreaturen Schutz — die Holzläuse, Ameisen, Ohrwürmer, Regenwürmer und Käfer — eine andere Welt, eine andere Seinsordnung, dichtes, emsiges Gewimmel, endloser Wechsel von Erschaffen, Leben und Vergehen. Wir sind gekommen, uns diesen Kreaturen anzuschließen. Die Wärme der Erde, auf die ich mich des Nachts ausstrecke, ist erstaunlich. Sie ist warm, wie ein Körper, der den ganzen Tag die Sonne in sich aufgenommen hat und nun seinen Wärmevorrat wieder abgibt. Sie ist weicher, dunkler, als ich es mir je vorstellte. Als ich meine Hand mit ihr fülle und ihr außerordentlicher Duft zu mir aufsteigt, weiß ich plötzlich, woraus ich gemacht bin, so als ob durch dieses Häufchen schwarzer Erde in meiner Hand ihre ganze Energie in mich flösse, so wie sie auch durch die Wurzeln in die Halme der Gräser aufsteigt. Ich fürchte mich nicht mehr vor ihr. Ich strecke mich auf ihr aus, bette mich auf ihr. Ich lege mich nieder und frage mich, ob ich in der Entspannung des Schlafes nicht an meinem ganzen Körper entlang Wurzeln schlagen könnte, und als ich in meinen ersten Traum tauche, fühle ich, wie es geschieht; ich spüre, wie sich jede einzelne meiner Poren jedem einzelnen Körnchen der Erde öffnet. Das Ineinanderfließen beginnt. Ich wache auf und bin vollkommen versöhnt mit diesem Geschehen. Ich werde mich tief in die Erde hinablassen, noch tiefer als in meinen Schlaf, und ich werde nicht verloren sein. In jedem einzelnen Partikel unseres körperlichen Seins sind wir mit der Erde verbunden, so wie wir durch unseren Atem mit dem Himmel verbunden sind. Zwischen unseren Körpern und der Welt ist Einheit und Austausch.

Vielleicht ist das der Grund, warum ich meine, all das Aufbrechen, all die Regsamkeit des Frühlings um uns herum, vollziehe sich direkt auf meiner Haut: die Pelzigkeit der kleinen, runden Weidenkätzchen auf verstreuten Büschen, die Klebrigkeit der frischen Blätter — heute noch feuchtschimmernder Blätterknauf, morgen schon in ihrer vollen herzförmigen Gestalt, ganz aus sich heraus geholt — all dies, aus solcher Nähe betrachtet, gleicht einem Wunder, so wie auch das Explodieren so vieler Flügel in der Luft. Eine Membrane dehnt und dehnt sich, wird durchsichtig, bis die Kreatur, die dort drinnen erwacht und sich rührt, mit all ihren Teilen sichtbar wird, die Hülle ihres Larvendaseins abwirft, aus ihr hervorbricht, ihre noch gefalteten Flügel zeigt, die schon um ihre Flugkraft und die Bewegungen in der Luft wissen, dann die Flügel öffnet und aufflattert. Die ganze Erde knistert und dehnt sich in der Dunkelheit. Die Geräusche sind ganz schwach, aber für ein Ohr, das man dicht an die Erde hält, sind sie deutlich hörbar. Manchmal glaube ich, wenn ich nur genau genug lauschte, würde ich meinen Körper auf dieselbe Weise aufbrechen hören — hören, wie er gegen die dünne durchsichtige Hülle stößt, die ihn immer noch umgibt und ihn daran hindert, sich zu seinem neuen Sein, das er schon in sich trägt, zu entfalten und das von seinem jetzigen so verschieden ist wie das des Falters von der Raupe.

Auch der Junge scheint hier draußen zu seinem neuen Sein gefunden zu haben, und ich sorge mich nicht mehr darum, welchen Schaden ich ihm zugefügt haben könnte. Auch seine Zeit unter den Menschen hat er überlebt. Ich sehe eine neue Energie in ihm. Er ist leichter. Bewegt sich schneller über die Erde. Jeder Hauch von neuem Wind, jede Verdunklung am Himmel verkünden ihm unser Wetter von morgen und übermorgen. Er kennt den Geruch der hundert Gräser und Kräuter und der dicken kleinen Knospen, die ihre unsichtbaren Stäubchen in den Wind streuen. Von diesen Gräsern und ihren Parasiten, den Würmern, den Grashüpfern, den Raupen, ernähren wir uns. Das Kind sammelt sie, wo sie hängen — wie in einer Kette nimmt einer gute Nahrung auf und wird selbst zur Nahrung für einen anderen Mund. Wir bilden das Ende der Kette. Jeden Tag, frühmorgens, geht der Junge auf die Jagd, nährt mich nun aus seiner Welt, so wie ich ihn einst aus der unseren nährte.

In der Dämmerung beobachte ich ihn, wie er am Rande des Platzes steht, den wir als Nachtlager ausgesucht haben, und über die Weite der Ebene nach Norden blickt.

Weiß er, was dort draußen liegt? Ist der Ort, an den er mich führt, ihm schon vertraut? Mit jedem Tag habe ich weniger Kraft, vorzudringen zu unserem Ziel — was immer es auch sein mag —, und das sich auch jetzt noch nirgendwo in dieser Weite zu erkennen gibt. Weiß er, wohin er uns führt? Ich spüre seine Ungeduld voranzukommen, selbst wenn er in der Abenddämmerung ganz still vor dem sich rötenden Himmel steht, seine Augen zu einer entfernten Anhöhe wandern, wo wir morgen abend um diese Zeit sein werden, fühle ich seine Unruhe. Ich beobachte ihn und frage mich, was ihn treibt und was unserer Reise einen Sinn gibt. Sein ganzer Körper drängt in eine Richtung, die ich, von dort, wo ich im Schatten liege, nicht erkennen kann. Er ist erfüllt von dieser Sehnsucht nach dem fernsten Punkt, den wir erkennen können. Ich fühle sie in ihm glühen, während er sich über mich beugt, um mir die Nahrung einzuflößen, die er gerade gefunden hat. Ich spüre sie, während er geduldig die Körner für mich ausliest, mir zeigt, wie man Wasserschnecken aus ihrem Haus befreit, und während er aus einem Halm ein paar Wassertropfen preßt, um meine Lippen zu befeuchten. Er ist mir jetzt näher, als ich je zu hoffen wagte. In jenen ersten Tagen erschien es mir unvorstellbar, daß er in sich diese zärtliche Verwandtschaft mit den Menschen entdecken würde, die jetzt in seiner Sorge für mich in jedem Augenblick sichtbar wird.

Und doch — trotz dieser Nähe, scheint er mir mehr denn je einer Welt anzugehören, die ganz und gar jenseits der meinen liegt und jenseits meiner menschlichen Vorstellungskraft.

Es ist, als ob er sich gleichzeitig in zwei verschiedenen Welten bewegte. Ich beobachte ihn, wie er sich einer seiner bescheidenen Aufgaben widmet, mich füttert oder meinen Schmutz beseitigt. Wenn ich zu seinem über mich gebeugten Gesicht aufblicke, steht er gleichzeitig ein paar Schritte von mir entfernt, so wie damals, als ich ihn zum ersten Mal sah, in den Birkenwäldern — eine nackte, leichte Gestalt im Glutlicht der Dämmerung. Sein Geist hat sich schon von mir entfernt, strebt schon über den Moment unseres Zusammenseins hinaus zu einem neuen Leben, über das ich noch nicht nachgedacht habe. Erst am Ende unserer gemeinsamen

Reise wird er frei sein, in es einzutreten. Ich versuchte, ihn aus seiner Tierwelt in die Welt der Menschen zu führen. Nun frage ich mich, ob er vielleicht schon begonnen hat, noch ein ganz anderes Sein in sich zu entdecken. Ist er also doch, wie die Dorfbewohner glaubten (deren Sichtweise immer einfacher war als die meine und daher vielleicht näher an der Wahrheit), ein Findelkind der Götter? Ist es seine Gottnatur, auf die er an diesem Punkt seines Lebens zugeht — so wie andere Jungen in diesem Alter auf die volle Blüte ihrer Männlichkeit? Er entschwindet mir, undeutlich glühend schwebt sein Umriß noch vor meinen Augen, aber sie können nicht mehr erkennen, von welcher Gestalt er ist. Und zur gleichen Zeit sitzt er mit gebeugtem Rücken auf seinen Schenkeln und bereitet mit seinen schmutzigen Fingern, seinen eingerissenen und abgebrochenen Nägeln unser Essen, das ich jetzt kaum noch hinunterschlucken kann. Er gibt sich unendliche Mühe, kaut die zähfasrigen Knollen vor, um sie genießbar zu machen, und füttert mich mit dem Brei, so wie er es bei den Tieren gesehen haben muß, wenn sie ihre Jungen füttern.

Und so erreichen wir den Ort. Ich habe den letzten Schritt getan. Aber er weiß es noch nicht. Wie jeden Abend entfernt er sich, um uns eine Mahlzeit zusammenzusuchen. Von hier aus werde ich aufsteigen, oder hinabtauchen, Stück für Stück, mich in die Hände der Götter begeben. Dies ist der Ort, von dem ich damals in Tomis so oft träumte, den ich auf all meinen Wanderungen im Schlaf aber nicht fand — den Punkt auf der Erdoberfläche, an dem ich verschwinden werde.

Es ist ganz anders, als ich es mir vorgestellt habe. Es

sind keine Wölfe da. Mich umgibt das klare Sonnenlicht am Ende eines Tages, der wie alle anderen war, die wir hier draußen verbracht haben — ein schöner warmer Frühlingstag, die Lerchen hoch in der Luft und Insekten, die unter uns zirpen. Das Kind ist da. Ich sehe, wie es sich entfernt, an das Ufer eines Baches tritt, sich bückt, kniet, eine Schnecke aufhebt, sich wieder aufrichtet und mit seinem federnden Schritt durch die Gräser läuft.

Wie eigenartig, auf die enorme Landschaft zurückzublicken, durch die wir uns während all dieser Wochen hindurchgekämpft haben, und über das Meer auf mein Leben in Rom, auf meine Kindheit, und zu sehen, wie deutlich die Spuren meiner Schritte zu diesem Ort hier und keinem anderen führen. Sie leuchten vor meinen Augen auf, alle diese Schritte. Ich kann sie im Geiste zurückverfolgen, sehe, wie ich mich entferne, näherkomme, bis ich endlich bei meiner frühesten Erinnerung angelangt bin. Ich stehe im Halbschatten der Olivenbäume am Rande unseres Gehöfts, hinter der niedrigen Steinmauer höre ich Flügelgeflatter. Ein Ziegenhirt döst am Stamm eines Olivenbaums, sein großer Kopf ist zurückgesunken, seine ganze Kehle sichtbar, als hätte er so, wie ich mich an ihn erinnere, die sechzig Jahre meines Lebens vor sich hingedöst. Eine schwarze Ziege hat sich gerade auf die Hinterbeine gestellt, um an den Trieben des Weinstocks zu nagen. Es ist Frühling. Es ist Sommer. Ich bin drei Jahre alt. Ich bin sechzig.

Das Kind ist da.

Der Junge wendet sich um und wirft mir über die Schulter, auf der die Sonne liegt, einen Blick zu. Dann bückt er sich wieder nach einer Schnecke am Bachufer, richtet sich auf und geht weiter. Das Licht des Baches umflutet seine Fersen, er watet tiefer hinein, tritt auf einen glatten Stein, balanciert einen Moment lang, hüpft, hüpft weiter und wandert dann am anderen Ufer stromaufwärts. Seine Füße bewegen die Kiesel, einer weiß, der andere schwarz, der andere grau, im Glitzern des späten Sonnenlichts wie zum Mosaik gefügt. Er hält an, hebt eine, zwei, vier Schnecken auf, hüpft wieder in den Bach, wirft mit den Zehen die Kiesel in die Luft, kleine Wellen umspielen jede Bewegung. Er ist ganz versunken in seiner kindlichen Freude darüber, frei zu sein.

Ich könnte ihn rufen. Meine Stimme reicht noch aus. Aber ich tue es nicht. Ihn zurückzurufen hieße die Fülle dieses Augenblicks, die sich da vor mir entfaltet, zerstören. Und ich möchte in diesem letzten Moment offen sein für alles, was er für mich bereithält.

Die Fülle liegt in der Bewegung des Jungen, mit der er sich von mir entfernt. Er geht so leicht, nackt, so freudig in seine eigene Ferne. Taucht ein in das blendende, vom Wasser aufscheinende Licht, bückt sich, um — was? — aufzuheben. Kiesel? Sind seine Augen inzwischen auf der Suche nach dem grauesten und am feinsten gezeichneten von allen? Oder gibt es für ihn kein Ziel und keinen Zweck mehr, bewegt er sich einfach aus Freude an der Bewegung weiter, watet tiefer hinein in das Licht und läßt alles aus seinen Händen fallen, die lebenden und eßbaren Schnecken, die ich für mein Leben nun nicht mehr brauche und die getrost zu ihrem eigenen zurückkehren können, und die nutzlosen Kiesel, die dort, wo sie auf den Grund fallen, plötzlich aufflackern wie Schmetterlinge, deren helle Flügel den Fluß bunt schillern lassen.

Er geht auf dem Licht des Wassers dahin. Während ich zusehe, tut er den ersten Schritt hinaus, bewegt sich langsam hinein in die tiefste Ferne, über der Erde, über dem Wasser, auf Luft.

Es ist Sommer. Es ist Frühling. Ich bin unermeßlich, unerträglich glücklich. Ich bin drei Jahre alt. Ich bin sechzig. Ich bin sechs.

Ich bin da.